W9-AAW-981

El caso tequila

El caso tequila

F. G. Haghenbeck

Rocaeditorial

WAUKESHA PUBLIC LIBRARY

IWPL0010426509

© F. G. Haghenbeck, 2011
Esta edición c/o SalmaiaLit, Agencia Literaria

Primera edición: julio de 2011

© de esta edición: Roca Editorial de Libros, S.L.
Marquès de l'Argentera, 17, Pral.
08003 Barcelona.
info@rocaeditorial.com
www.rocaeditorial.com

Impreso por Egedsa
Roís de Corella, 12-16, nave 1
08250 Sabadell (Barcelona)

ISBN: 978-84-9918-288-9
Depósito legal: B-18.022-2011

Todos los derechos reservados. Quedan rigurosamente prohibidas,
sin la autorización escrita de los titulares del copyright, bajo
las sanciones establecidas en las leyes, la reproducción total o parcial
de esta obra por cualquier medio o procedimiento, comprendidos
la reprografía y el tratamiento informático, y la distribución
de ejemplares de ella mediante alquiler o préstamos públicos.

Índice

      I. Tequila Sunrise 13
     II. Scorpion 17
     II. Desarmador.. 23
     IV. B-52 29
      V. James Bond Martini.................................. 35
     VI. Coco Loco 41
    VII. Grog.. 49
   VIII. Banana Daiquiri..................................... 53
     IX. Margarita Frozen 59
      X. Old-fashioned 65
     XI. Dirty Martini 71
    XII. Red Hair 77
   XIII. Tequila y sangrita (estilo Jalisco) 83
    XIV. Mexican Coffee...................................... 87
     XV. Harvey Wallbanger 93
    XVI. Matador... 99
   XVII. Orange Whip 107
  XVIII. Blue Margarita..................................... 113
    XIX. Pink Lady 117
     XX. Rum Swizzle 125
    XXI. Gin Fizz 129
   XXII. El Diablo.. 139
  XXIII. Mimosa 145
   XXIV. Pepito Collins..................................... 149
    XXV. Michelada.. 155
   XXVI. Paradise 161
  XXVII. Bandera Mexicana 167

XXVIII. Flamingo 175
XXIX.   Fireman's Sour... 183
XXX.   Stinger.. 187
XXXI.   Toro Loco 193
XXII.   Barracuda 199
XXIII. Old Pal.. 207
XXIV.   Martini Cecilia.. 213
Epílogo. Última ronda.. 217

Para un maestro, compañero, cómplice y
conciencia. Es el mejor autor mexicano
de mi generación y uno de mis mejores amigos
de la vida, Bernardo Fernández Bef.

Yo bebo para hacer interesantes a las personas.

GROUCHO MARX

El trabajo es la maldición de las clases bebedoras.

OSCAR WILDE

Siento pena por las personas que no beben.
El momento en que se despiertan por la mañana va
a ser cuando se sientan mejor en todo el día.

FRANK SINATRA

I

Tequila Sunrise

2 medidas de tequila blanco
4 medidas de jugo de naranja
1 medidas de granadina
1 rebanada de naranja
1 cereza cherry
Cubos de hielo

Ponga el hielo en un vaso alto y vierta el tequila. Añada el jugo de naranja y la granadina, incline el vaso para que estas fluyan hacia el fondo y el líquido dé el aspecto de una salida de sol. Revuelva ligeramente y adorne con la cereza y la rebanada de naranja.

Todo cóctel famoso tiene su secreto en la preparación, posee un nombre interesante y una leyenda que explica su origen. Así ha sido desde hace más de doscientos años, lo que ha dado lugar a la mixología. El origen de la palabra «cóctel» es incierto. Según una versión, se formó con las palabras cock *y* tail *(cola de gallo). Otra fuente habla de la deformación de la palabra* coquetier, *la vasija donde se servían los brebajes. Para los ingleses proviene de la designación de un caballo cruzado al que le cortaban la cola para levantarla, como una cola de gallo. Seguramente, nunca se sabrá el verdadero origen. Lo que sí se sabe es que en Francia se colocó una pluma a las bebidas para distinguir las que tenían alcohol.*

Sobre la invención del tequila sunrise, la leyenda cuenta que un cantinero se quedó bebiendo, acompañado de un amigo, toda la noche. Al día siguiente, el dueño los descubrió borrachos en el bar. Cuando preguntó por qué estaban allí, el camarero pensó en una solución para que no le cobraran el consumo y dijo: «Para crear una bebida inspirada por la vista de la salida del sol en la barra». El cantinero vertió rápidamente un poco de tequila y el jugo de naranja, y agregó la granadina, para lograr los colores del amanecer. Este hecho se remonta a los años treinta. Algunos suponen que ocurrió en Florida, por la inclusión del jugo de naranja, típico de ese estado. Otros dicen, sin embargo, que sucedió en Acapulco, lo que es poco probable, pues el sol sale por las montañas. Aun así, el tequila sunrise se convirtió en el emblema de los turistas, que adoran las palmeras y el relajante ruido de las olas, mientras Frank Sinatra canta Come fly with me.

El atardecer poseía tal letanía de colores que parecía que el pintor celestial se había bebido tres tequilas más que yo. Estaba seguro de que le cobrarían el exceso de rojos y amarillos. Un velero apareció en el horizonte, entre las pinceladas naranja durazno y amarillo mango del crepúsculo. Era una imagen bella.

El viento fresco, cargado con el aroma a mar que tanto gusta a los turistas y las gaviotas, disolvía el humo de mi cigarro Cohiba. Lo fumaba tan lentamente que podía oír cómo se consumía el tabaco. Era uno de esos días en los que uno piensa que la vida bien vale la pena sufrirla. Aunque estaba seguro de que solo me quedaban veinticuatro horas para hacerlo.

Nuestro artista panorámico copiaba los colores de mi bebida, un tequila sunrise, para ofrecernos tan maravillosa imagen del sol poniéndose en la bahía. Levanté mi vaso a fin de compararlos. El rojo de la cereza competía con el astro rey, que se sumergía en el mar, cual pelota olvidada en la playa por un niño. No había duda de que estaba en el Paraíso. Dios lo había colocado en un lote que compró a remate en la costa del Pacifico mexicano. En la Biblia lo llamaban Edén; hoy en día, para los agentes de viaje era Acapulco.

Los empresarios, que siempre pillaban las decisiones del Creador, construyeron monumentales edificios de concreto que se arremolinaban por toda la playa. La vendían como la ciudad perfecta para tener sexo, hacer tratos con serpientes, cometer pecados y vivir sin reglas. O sea, el Paraíso.

Desde antes que Frankie *Old Blue Eyes* Sinatra cantara *You just say the words and we'll beat the birds down to Acapulco Bay'*, todo aquel que osaba llamarse famoso venía de vacaciones a este puerto. Aquí se daban cita actores estrellas, cómicos amargados, toreros alcohólicos, políticos corruptos, reyes sin corona, gánsteres asesinos, prostitutas enamoradas y alguna que otra familia que venía a gastar sus ahorros.

Yo no era nada de lo anterior. Mi efímera estancia era puramente profesional y mi oficio seguiría siendo el mismo de siempre mientras no adivinara los números premiados de la lotería: sabueso, *half* gringo, mitad *mexican*, que había despilfarrado el noventa por ciento de su vida en alcohol y el resto, en realidad, en tonterías.

La fachada de paraíso vacacional era bastante convincente, pero Acapulco seguía siendo el lugar más importante para hacer negocios de Hollywood, después del bar en el Beverly Hills Hotel, el campo de golf en Palm Springs y la banqueta frente al templo judío de Santa Mónica. Aquí las estrellas y los productores de Cinelandia firmaban contratos de muchos dólares. Mi nuevo trabajo era uno de ellos. Pero también era una fachada: mi verdadera labor consistía en ser la nana de un hombre mono borracho.

Acapulco había dejado de ser un paraíso para mí. Mi labor como ángel guardián era un fracaso: la policía mexicana deseaba meterme a la sombra, un grupo de matones opinaba que mi cabeza en un mástil sería un bello adorno, y un mercenario estaba limpiando su automática para despedirme con una bala entre los ojos. Me había involucrado en las cosas que uno prefiere solo leer en la nota policial, y a veces de reojo. A mi lado sufría un maletín con billetes de cien dólares, en fajos del grosor de un directorio telefónico. Me sostenía las piernas mientras veíamos juntos el atardecer. Le había tomado cariño por ir danzando conmigo entre cadáveres. Generalmente, iba esposado a mí, pero hoy nos habíamos dado la tarde libre. Yo disfrutaba de mi cóctel y fumaba un puro cubano; el medio millón de dólares hacía lo único que sabía hacer: ser mucho dinero.

Desde mi terraza en el hotel Los Flamingos, lugar de reunión

15

de John Wayne, Red Skelton, Rita Hayworth y otras estrellas, pensaba en el maletín huérfano, los colores de mi bebida y el estado alcohólico de quien hacía los atardeceres. Rezaba porque Frankie *Blue Eyes* pudiera estar en mi entierro y me cantara una despedida, pues cuando uno juega con la serpiente en el Paraíso, la casa siempre gana. Pregúntenle a Dios, es experto en el tema. Fue entonces cuando unos gritos rompieron mi ensoñación.

—¡Sunny Pascal! ¡Sunny! —me gritaron desde el otro lado de la puerta al tiempo que la golpeaban con la rudeza de un boxeador agonizante.

Tendría que comprar entradas para ver el crepúsculo del día siguiente. Hoy no podría quedarme más tiempo. Esperaba que no se le terminaran los colores al pintor. La segunda vez nunca es tan buena como la primera. Excepto en el sexo.

Escondí la maleta, no fuera a saltar por el balcón cual clavadista de las rocas en La Quebrada. Abrí la puerta y me encontré a Adolfo, el joven ayudante del hotel, quien me miraba con los ojos tan abiertos como un par de *hot cakes*.

—¡Rápido! ¡A la alberca! —volvió a gritar mientras me jalaba de la manga. Cuando alguien vocifera así es que hay problemas. No me gustó, dificultades ya me sobraban.

Bajamos corriendo las escaleras. Seguí los gritos en el patio hasta llegar a un grupo de turistas. Miraban sorprendidos la alberca en forma de mancha de sangre. En el centro de esta, un cuerpo flotaba con los brazos abiertos y la cabeza sumergida. Era alto, musculoso, del tipo que te da mujeres, fama y medallas olímpicas. Pero era un cuerpo rancio, ya habían pasado sus mejores años. En la orilla de la alberca estaba mi socio y amigo, Scott Cherris.

—Sunny, está muerto —me dijo en inglés con tal expresión en el rostro que me recordó una vaca en mitad de la carretera esperando a ser arrollada.

No era para menos, a quien debíamos cuidar yacía flotando en el agua entre flores secas de buganvilia. Johnny Weissmuller, el mejor Tarzán de todos los tiempos, ya no vería más a su chango, Chita, y en este viaje tampoco lo acompañaría Jane.

Solo pude decir consternado:

—¡En la madre! Se me murió Tarzán.

16

II

Scorpion

2 medidas de ron blanco
2 medidas de jugo de naranja
1 medidas de jugo de limón
1 medidas de brandy
½ medidas de *orggeat* o crema de almendras
Hielos
1 rebanada de naranja
1 cereza
1 gardenia

Ponga el hielo y los ingredientes líquidos en una batidora. Mézclelos a velocidad rápida hasta que el hielo se vuelva *frappé*. Puede servirse en vaso corto o en doble porción en una taza honda decorada con la rebanada de naranja, la cereza y la gardenia. Se bebe con popote al ritmo del éxito de 1964 *Walk, don't run,* de los Ventures.

El scorpion debe su nombre al hecho de que se toma con popote y se comparte con otros comensales. El popote emula la cola del animal; y la bebida, el veneno. El scorpion es una de las más reconocidas bebidas exóticas inventadas por Trade Vic o Victor Bergeron, quien fundó los más famosos restaurantes tikis, no solo en Estados Unidos, sino también en el resto del mundo. Él fue quien llevó el culto a las islas polinesias, que acabaría integrándose en la cultura pop del mundo. Elaboró más de cien rece-

tas de cócteles con temas de los mares del Sur. Siempre servidos en espectaculares vasos con diseños basados en los ídolos de madera de las islas del Pacífico.

Algunos de los más sofisticados intelectuales se aficionaron a sus cócteles en los años sesenta, Gore Vidal, Bob Fosse, Arthur Schlesinger y Stanley Kubrick, que era un cliente asiduo del Trader's Vic de Nueva York. Cuenta la leyenda que tuvo la idea de filmar 2001: una odisea en el espacio *cuando bebía uno de sus cócteles favoritos.*

Todo comenzó meses atrás. No habíamos dejado de extrañar a Marilyn Monroe y a su querido JFK cuando un cuarteto de muchachos de Liverpool tomó su lugar en los noticieros. Era la hora del almuerzo. Las colinas de Hollywood se veían retapizadas con un verde de lluvias de verano. Yo vestía mi guayabera negra con motivos claros, pantalón de algodón también negro y zapatos blancos de piel, sin calcetines. Estaba aseado, limpio y con mi barba *beatnik* arreglada. Me veía sereno, en buena forma, con dólares en la billetera, y no me importaba que se notara. Iba a visitar a mi ídolo.

Descendí de mi Ford Woody frente al Trader's Vic en Beverly Hills. Tomé un sobre del asiento del copiloto, donde guardaba una cerveza caliente, un sostén que pertenecía una mujer cuyo nombre trataba de recordar y dos discos sencillos de música surf rayados.

Me encaminé con el aplomo de Steve McQueen hasta la recepción. Una hermosa rubia con falda hawaiana me recibió con un par de ojos verdes jade, una sonrisa y un cuerpo que arrancaba gotas de sudor al imaginárselo sin el ridículo disfraz. Le guiñé el ojo. La sonrisa creció hasta convertirse en una gran boca. Perdió su encanto. Pregunté por la reservación y me escoltó hacia la mesa. Trató de coquetearme, pero yo ya tenía mi atención puesta en otra cosa.

En la mesa distinguí la calva, escondida en su corte militar, de mi amigo Scott Cherris. Sus lentes oscuros lo hacían ver como un agente federal afeminado, pero solo era uno de esos productores de Hollywood con más entusiasmo que éxito. Esta vez me deleitaba con una playera color canario que esperaba ser atacada por cualquier gato de callejón. Si fuese Silvestre, el de las caricaturas, mejor.

—Mi socio, míster Sunny Pascal —me presentó levantándose.

El hombre que estaba sentado a su lado era alto, con menos pelo que Scott. Los gruesos anteojos que usaba lo hacían lucir como genio loco a punto de destruir el mundo. Era de la Costa Este, sin duda: su caluroso traje de lana y la corbata pasada de moda lo delataban. Lo confirmó un fuerte acento de Queens.

—Julius Schwartz, mucho gusto —dijo estrechándome la mano.

Él era la razón por la que había olvidado a la rubia. No tenía mejor cuerpo ni la sonrisa de anuncio de pasta dental, pero para mí era un genio.

Schwartz había tomado el control de All Star Comics, cambiándola por el sello DC Comics, una compañía editorial famosa por publicar las historietas de los héroes más populares, como Superman, Batman y la Mujer Maravilla. Había decidido dar un nuevo aire a los viejos personajes con novedosos diseños e historias originales. Entre muchos otros, junto con Carmine Infantino, había vuelto a crear Flash, el héroe con supervelocidad. Hoy era el cómic más vendido. Deseaba ser Barry Allen y correr a la velocidad de la luz para hacer compras, terminar las tareas de la casa, llevar flores a la novia, besar a la segunda novia, ligar con una tercera y tener tiempo para ver el nuevo capítulo de *Peyton Place*.

Todos tenemos una debilidad. Yo no soy elitista, tengo muchas. Las historietas son una de ellas. Resultan divertidas, fáciles de leer cuando uno está inspirado en el baño, y poco pretenciosas. Son el reflejo de lo que es mi vida. Por eso no me extrañaba mi poca suerte con las mujeres. Nadie se quiere comprometer con un personaje de cómic. Cual niño nervioso, saqué del sobre mi revista *Showcase* # 4, la primera aparición de Flash, y la coloqué en la mesa.

—El gusto es mío. ¿Podría autografiármela?

Scott Cherris la arrancó de las manos de Schwartz y me sentó de golpe en la mesa. Nada más faltó que me golpeara y me dijera «Sunny, malo», cual perro que ha sido sorprendido bebiendo del retrete.

—Esta es una reunión de negocios. Luego continúas con tu

fiesta de niños —gruñó. Me jaló hacia él y susurró—: Te pedí que no me pusieras en ridículo, no seas infantil.

Puso delante de mí el trago que me había pedido, un Scorpion. Sabía que la única manera de callarme era con un cóctel. Yo me quedé como un niño bueno en mi lugar. Sorbí de la enorme vasija de cerámica con caras de dioses polinesios enojados.

—Míster Schwartz vino desde su oficina en el Rockefeller Center para cedernos los derechos de lo que será un éxito en televisión —explicó Cherris seriamente.

Mi amigo se transformaba en ejecutivo profesional cuando había dinero de por medio. El resto del tiempo lo ocupaba en encerar su Jaguar, beber cócteles y coquetear con las meseras.

—La American Broadcasting Company está interesada en transmitirlo. Se ha desatado una guerra entre las cadenas para colocar el programa televisivo más original —exclamó Scott con un tono digno de ejecutivo de empresas. Era difícil ver a mi amigo como un verdadero productor. Continuó explicando—: Congo Bill fue un éxito en los cincuenta, como serial de cine, ahora lo será como programa de televisión.

Estiré la mano, para indicarle que continuara, sin dejar de sorber el popote de mi bebida, no fuera a abrir la boca y me volvieran a regañar Scott y los dioses de la vasija.

—Hemos decidido usar el viejo personaje de Congo Bill y hacer una nueva versión como la que aparece en los cómics de Julius Schwartz…¡Congorilla!

La bebida se me atoró. Tosí para evitar suicidarme con el popote. Los productores de Cinelandia tenían tantas ideas en forma de excremento que no necesitaban ir al baño. No, no era mala, sino la peor. Congo Bill era uno de los personajes que habían recreado en los cuarenta, cuando estaban de moda los héroes en África. Era solo uno más. Ahora lo habían rescatado dándole toques mágicos y de ciencia ficción, lo cual no era nada original, sino una práctica común en los cómics. Lo convirtieron en menos que un chiste. Un chiste muy malo, de paso.

—¿Van a hacer un programa de televisión sobre un cazador aventurero de África que se convierte en un gorila gigante color dorado solo con frotar su anillo mágico? —pregunté con los ojos abiertos, tanto como las orejas, pues a lo mejor había escuchado mal.

Schwartz y Cherris sonrieron a la vez. La respuesta llegó también al mismo tiempo.

—Sí.

Cualquier comentario tendría que guardarlo para el siguiente siglo. Cherris, excitado, explicó:

—Los niños van a adorar al personaje. He platicado con mis amigos de las jugueterías y podemos hacer el disfraz de Congorilla, con cinturón, revólver y la máscara de simio. Hemos conseguido a la estrella perfecta para el papel.

—Creo que no quiero saberlo… —traté de interrumpirlo. Demasiado tarde.

—El mismo Tarzán en persona: Johnny Weissmuller. Dentro de unos días comenzará el Festival Internacional de Cine en Acapulco, al que asistirá para poder dar la noticia y crear expectativa —dijo Scott Cherris con su enorme sonrisa, característica en él, de gato disfrazado de canario—. Además, Weissmuller es socio del hotel Los Flamingos, que servirá como base de la producción. ¡Será un éxito!

Scott levantó su copa para un brindis. Schwartz golpeó la suya con un gesto divertido.

Yo seguía pasmado. No había pestañeado desde que habían anunciado la noticia. Mis ojos empezaban a llorar, no sé si por dolor o por derecho propio.

—¿Y cuál será mi trabajo? —pregunté tan bajo que solo un ratón podía oírme. Un ratón y la gente de Hollywood.

—Serás el guardaespaldas de Johnny Weissmuller durante la semana del Festival de Crítica de Acapulco. Deseamos anunciarlo con bombo y platillo. Cuidarás de que no se ponga tan borracho que eche a perder la promoción.

—¿Me están pidiendo que sea la nana de Tarzán?

—Exacto —respondió Cherris.

Me metí el par de popotes del scorpion a la boca. Calladito me veo más bonito.

III

Desarmador

2 medidas de vodka
5 medidas de jugo de naranja
Hielo
1 rebanada de naranja

Ponga el hielo, el vodka y el jugo de naranja en la coctelera. Agítela durante diez segundos al ritmo de *If I have a hammer*, del pionero del rock Triny López. Cuele y sirva en un vaso largo. Haga un corte a la rebanada de naranja para que se sostenga en el borde del vaso.

El de desarmador, o screwdriver, *es cuando menos un nombre bastante original para una bebida preparada. También es la mezcla más sencilla que existe para un cóctel refrescante: solo dos componentes. Su pureza compite únicamente con la del martini.*

La leyenda cuenta que esta bebida la inventaron trabajadores estadounidenses que laboraban en las construcciones de las plataformas petrolíferas de Irán en los años cuarenta. A falta de coctelera, para poder revolverlo usaban lo que tenían más a la mano en su caja de herramientas, en este caso, un desarmador. De acuerdo con otra versión, la crearon los trabajadores de la construcción de California después de la guerra. En esta última hay tres elementos comprobables: el auge de la construcción, que aprovechó a los soldados que regresaban de la guerra en los cincuenta; la naranja, que tiene como cuna preferida este estado; y el vodka, que se volvió popular en esa época.

Se dice que Hollywood invoca la magia en sus películas. Esa magia que hace volar a Mary Poppins; que a las gaviotas, cuervos y otros desagradables plumíferos los convierte en asesinos en *Los pájaros*; que a John Wayne le ayuda a disparar diez balas en revólveres que solo tienen seis tiros; que a Rock Hudson lo vuelve varonil; que a Doris Day la convierte en virgen, y que a Humprey Bogart lo hace ver alto.

Eso es verdadera magia. Pero cuando tratas de ocultar algo tan obvio como un camión de tres toneladas a doscientos kilómetros por hora frente a ti, no hay magia que valga. Ni siquiera aparece en la lista de invitados.

Mi trabajo estos últimos años era detener ese camión, evitar que embistiera a los pobres productores, directores, actores y arrimados de Cinelandia. Hay que tenerles compasión. Hasta ellos fueron bebés y sus mamás los amaban. Es un trabajo sucio, pero paga la renta. Sin embargo, para sostener un proyecto como el de Scott Cherris, necesitaba algo más que la magia de las películas. Requería convocar a todos los magos vivos. Además de desenterrar a otros famosos: Houdini, Merlín y Babe Ruth.

Y eso fue lo que le dije a Scott al día siguiente en su oficina de Sunset Boulevar. Él había conseguido un hermoso bungaló estilo colonial, con tejas californianas, azulejos españoles, palmeras de Florida, secretaria de Kansas y mucama de Mazatlán.

—Sunny, tú no tienes la visión del mundo del entretenimiento —me contestó con su sonrisa felina. Hoy había decidido usar cuello de tortuga y una chaqueta inglesa que lo hacía ver como el doble de Elmer Gruñón. En cualquier momento, Bugs Bunny aparecería y le daría un beso.

—No, te equivocas. Yo tengo una visión mejor desde donde estoy: los calzones de tu secretaria —le respondí. El escritorio de la recepción quedaba justo frente a la puerta de su oficina. Las torneadas piernas en forma de botella de Coca-Cola de su secretaria saltaban a la vista. Scott era un pícaro.

—Baja la voz, ella puede oírte —me murmuró molesto. Tras levantarse cerró la puerta. Su secretaria ya no escuchaba.

Su oficina era mona, como para devorarla, parecida a las casas hechas de golosinas de los cuentos. Mantenía el mismo estilo colonial del exterior, con el sello característico de California. El piso estaba decorado por grandes losetas de barro con remates de azulejos en tonos chillantes. Al centro, habían colocado una sala de piel color verde aceituna y un enorme escritorio fascista. Seguramente lo compraron de barata en el Partido Nazi cuando Alemania perdió la guerra. Atrás del escritorio había un viejo mueble de la época en que California era propiedad de México. En él guardaba Scott el alcohol, los teléfonos de sus amantes y el dinero. De la pared colgaban tres cartelones de películas en las que mi amigo estuvo involucrado. Dos ni siquiera las había visto.

—¿Qué te hace pensar que quiero ser niñera? —le pregunté apenas regresó a su lugar detrás del escritorio, que se le veía grande. Unas tres tallas más.

—Bueno…, somos socios, ¿no? —balbuceó mientras abría su mueble antiguo. Vació media botella de vodka en dos vasos y agregó jugo de naranja.

Mientras preparaba el desarmador, sentí que me lo clavaba en la yugular. Puso un vaso frente a mí. El suyo se lo bebió de un trago.

—Es un honor. Debes estar en serios problemas si dices que un sabueso es tu socio. Me pregunto si estaba en una lista entre el plomero y Lupita, tu empleada de limpieza.

—Tú sabes que yo nunca te mentiría —dijo mi amigo con la seriedad del presidente Johnson declarando la guerra—. Al parecer, el tipo, Weissmuller, está en serios problemas. Me ha costado que acepte el trato, pues viene saliendo de un divorcio, acaba de morirse su hija y prácticamente está en bancarrota. Se ha refugiado en Acapulco. Tengo miedo de que haga una locura.

—¿Cómo se puede estar deprimido si eres campeón olímpico y estrella de cine?

—Sunny, Hollywood perdona un desliz con una quinceañera, pero nunca el fracaso. El hombre está acabado. ¿Cuándo fue la última vez que oíste de él?

—No lo sé. Pasan algunas viejas películas por la televisión. No pensé que estuviera tan mal —respondí admirado. No era fácil ver a Scott preocupado. El Pájaro Loco tendría más depresiones que él.

25

—Estamos arriesgando mucho. —Bajó los ojos. Hubo un momento de tensión. Solo un instante. Luego aplaudió y apareció su sonrisa gatuna con marca registrada. Incluso fue la especial, la que se comió al canario—. Pero estoy a punto de cerrar un trato que nos volverá ricos.

—¿Volverá? ¿Tú y yo? ¿Como un matrimonio de bienes mancomunados? —contesté. Sentí el metal en la tráquea. El vodka solo era para que no doliera.

—Necesito un socio en Acapulco que se asegure de que las cosas funcionan. Él ha aceptado trabajar si lo libramos de un problema: lo están chantajeando por una deuda. Tú podrás contener el problema, aunque no tengamos dinero todavía. —Me extendió la mano para cerrar el trato. Por alguna extraña razón vi que le salieron cuernos, un rabo y que se tornó todo él color rojo. Quizá no era un demonio, tal vez solo una gamba.

—No habías mencionado nada de eso. No me gusta.

—¿Qué parte? ¿Que deba dinero o que tendrás que lidiar con un chantajista?

—Ninguna parte me gusta, empezando por ti. Scott, yo creo que los chantajistas hacen su trabajo porque la víctima hizo algo mal. No te extorsionan por una mentira. Weissmuller puede empezar a rezar, lo van a aplastar.

—Por eso te necesito.

Lo miré de reojo. Mi mano estrechó la suya. La solté rápidamente, pues tuve la sensación de haber pactado con un demonio.

—Conoces las reglas: sin policía.

—Solo si no hay un asesinato —respondí en automático. Mi camarada sabía que nunca pediría ayuda a la policía, pues la odiaba. El doble si era mexicana.

Antes de irme saqué una caja de puros que Scott guardaba en el mueble antiguo. La abrí y tomé cinco billetes de cien dólares. Gritó asustado como una niña a la que le quitan su muñeca preferida.

—Es un adelanto. Necesitaré darles algo. El resto me lo pagas cuando llegues a Acapulco —le expliqué con la frialdad de un esquimal de nariz congelada.

—¡Estás loco! ¡Esos son mis ahorros! —continuó balbuceando palabras incompresibles. Apenas logré captarlas—. ¿Cómo sabías que ahí guardo las cosas?

—Amigo, cuando agarramos la fiesta y terminamos aquí, estoy borracho, no ciego.

Me miró con cara de odio. Por primera vez en mi vida pude devolverle la sonrisa de gato. Me había comido su canario disuelto en mi bebida.

—No sufras. Facturaré todo para que lo deduzcas.

Abrí la puerta de su despacho y descubrí el panorama de las entrepiernas de su secretaria.

—Apúrate en llegar a Acapulco, no te distraigas mucho viendo debajo de la falda de tu secretaria.

La muchacha clavó los ojos en mí al oírme decir eso.

No supe qué pasó después, pero el ruido de la cachetada llegó hasta el exterior.

IV

B-52

1 medida de Kahlúa
1 medida de Baileys
1 medida de Cointreau o Amaretto

Vierta los licores en el orden indicado en un vaso
delgado o en uno tequilero. Intente formar tres capas con la ayuda de una cuchara pequeña, dejando
caer el líquido suavemente, hasta lograr un efecto
de tres colores en la bebida.

*Esta famosa bebida fue bautizada con el nombre del bombar-
dero B-52. El aeroplano Boeing estratégico voló con el Ejército
de los Estados Unidos desde 1955, hasta la fecha. Diseñado para
volar a grandes alturas sin ser detectado por radares en tierra,
así como para portar desde explosivos en racimo hasta bombas
nucleares, fue una pieza fundamental en el ajedrez de la Guerra
Fría y se creó para poder bombardear Rusia en cualquier momento. Esa fue la razón que motivó a la Unión Soviética a re-
tractarse de colocar misiles en Cuba en 1962. También tuvo un
papel importante en las dos últimas guerras de los Estados Unidos: Afganistán e Irak.*

*La razón de la denominación del nombre es la mezcla de tres
licores, que son una bomba. Tan de moda en una época donde
todo era atómico, como Mini Skirt, de Esquivel.*

Para el viaje arreglé las cosas a fin de dejar mi estudio en Venice Beach por un tiempo. No era un gran trabajo. Solo dejar un juego de llaves con mi casera. Ella regaría mis plantas, quitaría el polvo cada dos semanas y se aseguraría de que ningún amante de lo ajeno entrara para llevarse mis pertenencias valiosas: las tablas de surf, la colección de historietas, las botellas del bar y las fotos de *miss* Bettie Page. En cuanto al resto, como los muebles y la ropa, hasta pagaría por que se lo llevaran.

Dejé mi Ford Woody en un taller mecánico. Esta vez se quedaría guardado. Nada grave, solo una cuarentena mecánica. Ahí le pondrían un termómetro en la boca y le darían su jarabe para el resfriado.

Muy temprano, por la mañana, adquirí mi boleto para Acapulco en la TWA. Preparé mi equipaje. Por más que ponía cosas, no conseguía el título de «maleta de viaje». Mi Colt descansaba adormilada entre los calzones y las guayaberas, al lado de un libro autografiado por una antigua cliente, titulado *Delta de Venus*, y unos prismáticos. Si necesitaba algo más, lo compraría con el dinero de Scott. Solo cosas necesarias, como las bebidas.

Llegué con anticipación a la terminal aérea de Los Ángeles en Sepúlveda Bulevar. Me dirigí al edificio central, el Theme Building.

Por su forma parecía un platillo volador estacionado en cuatro patas, que esperaba partir a Marte. Ese armatoste en forma de nave espacial siempre me había fascinado. Sus diseñadores, los arquitectos Pereira yLuckman, se echaron un pitillo de marihuana, vieron *La guerra de los mundos* y dijeron «hagamos un edificio».

Subí a la parte superior, donde está el restaurante. Me decepcioné al no encontrarme con seres intergalácticos bebiendo extraños cócteles. Solo estaba lleno de criaturas horrendas: un grupo de agentes viajeros uniformados en traje gris, sombrero de fieltro y gabardina. Unas muchachas de uniforme azul militar atendían.

Pedí un desayuno rápido acompañado de una cerveza. Al probar mi *omelet* descubrí que la comida sí era extraterrestre. Solicité a mi sonriente mesera salsa de Tabasco para quitarle el sabor a marciano. Al menos la bebida no estaba mala, pero tampoco era nada fuera de este mundo. Fui al baño para quitarme el olor de extraterrestre verde que tenía en las manos. Luego busqué un teléfono público. Al encontrarlo, coloqué algunas monedas, rogando por que la llamada no fuera intergaláctica.

—Cherris, salgo en la TWA a Acapulco —le dije a mi amigo Scott, que contestó del otro lado.

—Weissmuller te espera en el hotel Los Flamingos. Arregla todo para cuando yo llegue. Me ha pedido un adelanto de dinero —dijo. No se oía contento. Nada contento.

—Lo vas a deducir después. No chilles como niñita. Eres productor de cine, ustedes nunca pierden, ni siquiera con las peores cartas...

Se oyó un gruñido en la línea. Quizá se había vuelto a disfrazar de canario y se lo había tragado un gato.

—Solo cuídale su trasero, Sunny. No te metas en líos.

Sonreí. Ya se le había terminado el enojo.

—Espero que ya hayas arreglado el problema con tu secretaria.

—Ni me recuerdes ese tema. Tuve que darle un regalo: Chanel n.º 5... —se hizo un silencio, no tan largo como una ópera—, el frasco grande.

—No te entiendo, Scott. Eres productor, te va bien. ¿Por qué meterte con una mujer casada? —le dije en un tono más amistoso. Me volteé para ver a los comensales del restaurante, seguía ahí el mismo equipo de agentes viajeros. De pronto una persona me hizo detener mi mirada.

—No lo sé. Por la misma razón por la que tú no has visto a tu padre desde hace cinco años: porque es más fácil —contestó Scott.

Yo apenas lo oía, estaba hechizado por completo por mi descubrimiento: una mujer que entraba al restaurante. Valía mucho la pena mirarla. Estaba mejor hecha que el edificio. Sus ingenieros le habían otorgado más belleza. Aunque era pequeña de estatura, su falda corta la hacía verse más alta. Las piernas, perfectamente torneadas. Cada una construida de concreto. Quizás un material más fuerte. La falda era parte de un vestido de dos piezas color azul. Le quedaba tan ajustado como un guante de seda a la mano. Su silueta era solo curvas, como Sunset Boulevar. Inclusive poseía mejores montañas. Ella traía el pelo largo, de un tono castaño. Recogido en una coleta. Con la luz parecía rojizo. El cabello apresado dejaba libre un par de ojos azul grisáceo, tan brillantes como unos costosos pendientes de aguamarina. Sus labios no eran carnosos y al sonreír le otorgaban un par de hoyuelos a la cara, que combinaban de lujo con sus pecas. Había aterrizado un ángel en el aeropuerto de Los Ángeles. Dios lloraba por su pérdida.

—Voy a mandarte dinero para que arregles lo del chantajista. Por favor, no te lo bebas —siguió diciendo mi amigo. Yo ya no lo escuchaba. Ojos Aguamarina requería de toda mi atención.

—Solo dos botellas —le dije para poder colgar.

Scott seguía dándome indicaciones banales.

—¡Y no lo mandes todo a la mierda! Por favor, sé discreto… —fue lo último que le oí decir antes de colgar.

Regresé a mi lugar, a tres mesas de donde se había estacionado mi ángel. Dejó su abrigo en la silla y clavó sus ojos metálicos en el menú. Pidió un café y un pastel de queso. Yo me los saboreé. A ella y al pastel.

Mientras esperaba su servicio, comenzó a divagar con la mirada. Hasta que se cruzó con la mía. Le regalé mi mejor sonrisa. La de ella apenas fue una mueca. Cuando llegó su café se olvidó de todo.

Miré mi reloj. Apenas tenía tiempo de llegar a registrarme. Ojos Aguamarina no había dado pie para que me aproximara. Sin poder olvidarla del todo, recogí mi equipaje y me lancé a la salida. Volteé por unos segundos, para volver a verla. Fue el tiempo suficiente para no darme cuenta de que un hombre venía hacia mí. Nos golpeamos de lleno, como dos locomotoras sin freno. Mi maleta hizo piruetas en el aire. Yo solo di una vuelta. Los dos caímos con un sonoro golpe.

Por fin logré que Ojos Aguamarina volteara a verme. Esta vez no solo me devolvió una sonrisa, sino que soltó una carcajada que de inmediato acalló al llevarse la mano a la boca. Por un momento brevísimo nuestras miradas se cruzaron. Después, algo con la fuerza de una pala metálica me levantó de las solapas.

El hombre al que golpeé me tenía alzado a unos milímetros del piso. No era más viejo que yo, pero me sacaba casi una cabeza. Vestía un pulcro traje negro con corbata delgada. Lucía un corte militar y unas gafas oscuras que se habían proyectado a varios metros. Su cara era un cuadrado, solo su barbilla sobresalía. Sus cejas, amplias, muy pegadas a sus ojos, le daban un gesto de odio que solo gente como Hitler, Aníbal y el capitán Garfio lograban. El color de los ojos era claro, pero como agua puerca. Si eran el reflejo de su alma, estaba enlamada.

—¡*Jijo*-de-puta-cabrón! —me soltó en un español brutal, con acento del Caribe. Un español que un mexicano no entendería. Necesitaría traductor o subtítulos—. ¿Quieres morir, imbécil? ¡Te voy a dar una lección para que aprendas a ver por dónde caminas! —completó en inglés. Impulsivamente llevó su mano derecha al saco, y mostró una pistola en su sobaquera.

Yo levanté las manos tratando de emular la cara de un pizcador de naranjas de Orange County.

—Lo siento mucho, míster. No sé inglés —me disculpé en español, como si no hubiera visto la automática que estaba a punto de sacar y probar sobre mí.

El hombre se congeló. Mi plan funcionó, no esperaba que le hablara en su idioma. Todos se sorprenden cuando oyen otra lengua. Es como si les cambiaran el guion a última hora. Sus ojos agua puerca miraron a la concurrencia. Primero al equipo de agentes vendedores, luego a las meseras en sus trajes azules, que, aun asustadas, se veían monas. Pasó por mi ángel para detener la mirada de nuevo en mí.

—*Greaser*-come-mierda —me escupió en su inglés personal, muy aderezado por su español de Fidel Castro. Dejó lo de la pistola para otro día. Ni siquiera se dieron cuenta los testigos. Para ser federal, era bueno. Terminó gruñéndome en perfecto inglés —: ¡Lárgate de mi vista!

Yo concluí mi espectáculo con una gran sonrisa. Le di la mano y agité la suya como un vendedor de plata en Taxco.

—Gracias, señor. Muchas gracias… —Tomé mis pertenencias. Me alejé a la velocidad de superhéroe de cómic. El hombre limpiaba con una servilleta la mano que le había tocado cuando murmuré al salir del restaurante:

—Cubano culero…

V

James Bond Martini

6 medidas de vodka
1 medida de vermut blanco seco
Aceitunas de cóctel
Cubos de hielo

Junte las bebidas con el hielo en el vaso mezclador, agítelo para escarchar. Sirva en una copa de cóctel. Adorne con una aceituna en palillo. Bébalo mientras oye el éxito de Shirley Bassey, de la película de James Bond del mismo nombre: *Goldfinger*.

Esta es una variante del martini clásico, llamada también vodka martini, ligada al personaje creado por el escritor Ian Fleming: James Bond, el espía 007. El autor, quien también fue espía en la vida real, le otorgó su gusto por este cóctel a su personaje. Aunque en su primer novela, Casino Royale, Bond pide un martini con gin, vodka, Kina Lillet y adornado con una rodaja de limón, desde su segundo libro, Vive y deja morir, 007 tomaría solo vodka martinis. Fue un detalle que pasó a la pantalla en las películas, donde Sean Connery fue el agente secreto al servicio de su majestad. Este volvió famosa la frase de «shaken, not stirred», la cual repetirían los otros actores que también encarnaron al espía. El agitar el martini, como lo pide Bond, hace que se derritan los hielos y se creen burbujas. Para algunos puristas, inconcebible. Para otros, el solo revolverlo no mezcla el vermut con el vodka. Quizás el tiempo le dio la razón a James Bond por su buen gusto,

no solo respecto a las mujeres, sino en cuanto a su bebida: hoy en
día la mayoría de los martinis se sirven con vodka y son agitados.

Registré mi maleta en el aparador de la línea aérea. Junto a mí
había una familia perfectamente arreglada en sus mejores galas
para visitar México. Parecía que iban a la iglesia más que a un
avión. Me recordaron a la familia de mi madre en Puebla. Había
que emperifollarse hasta para jugar en el lodo. Sentí lástima por
los niños, con sus calurosos trajes de lana. Me miraban con esos
ojos que imploraban por que los raptara y los sacara de esa pesadilla de modales.

Me entregaron el boleto para abordar el avión. Al voltear descubrí al cubano con el que me había tropezado. Estaba en la línea
de espera para abordar el mismo avión que yo. Sinatra había invitado a todos, inclusive a los pesados.

Traté de alejarme de su vista. No deseaba otra escena como la
anterior. Me acomodé en el asiento más apartado de la sala de espera. La familia lo hizo frente a mí. Los niños empezaban a sen-
tirse molestos con las corbatas y los listones. Comenzaron a correr y gritar. Yo hubiera hecho lo mismo. Si a los diez años no
posees el alma de un anarquista, no puedes llamarte niño.

Estuve pensando por un rato. No era difícil que el cubano se
diera cuenta de mi presencia. Tampoco de que le había mentido.
No era cobardía, pero no quería empezar este trabajo con un
pleito de pistolas en el aeropuerto de Los Ángeles. Sería mala pu-
blicidad para la serie de televisión, y sería peor para mi salud. En
especial si una de esas balas me llegase a alcanzar.

—Emocionante, ¿verdad? —le dije al padre de la familia.

Era un hombre grueso, con bisoñé. Un bigote delgado ador-
naba su gordo labio. Sudaba copiosamente, metido en su gabardina y un traje gris. Los niños empezaban a tramar algo, como
tomar el aeropuerto e iniciar la Revolución francesa.

—¿Disculpe? —me preguntó secándose el sudor de la frente,
antes de moverse el peluquín.

—El aeropuerto. Volar a un país extraño… es muy emocionante —le expliqué al pobre hombre. Este volteó a ver a sus hijos, que se revolcaban en la lustrosa alfombra mientras su esposa,
de la misma rodada que él, hojeaba una banal revista de modas.

—¡Si usted lo dice! Es una pesadilla. ¿Nunca ha viajado con niños? —se desahogó el hombre. Volteé a ver la tribu de chiquillos. Dejé de contarlos al llegar a cinco.

—El avión tardará en salir. Le invito una copa, amigo —le ofrecí con mi sonrisa de vendedor de autos Cadillac. El hombre gordo lo tomó como su salvación. Saltó un poco cual atleta olímpico y me jaló hasta el bar, a unos pasos de la sala de espera.

—Gracias, socio. Realmente lo necesitaba —dijo colocándose en un taburete que chilló al sentir su peso. Yo tomé el de al lado y pedí dos vodkas al cantinero.

—¿Primera vez que va a Acapulco? —pregunté revolviendo mi bebida.

—Sí. Doris, mi esposa, y las niñas se han encaprichado en este viaje desde que salió la película de Elvis Presley —contestó bebiéndose la mitad de su trago. Dos hielos resbalaron también por su garganta. Ni los sintió.

Elvis Presley había logrado un éxito con *El ídolo de Acapulco*. No era mala, era peor. Pero todas las mujeres suspiraban al verlo cantar *Bossa nova baby*, mover las caderas y besar a la sueca Ursula Andress. Vamos, hasta yo quería ser como Elvis. ¿Quién no deseaba besar a ese bombón después de que nos ofreció su cuerpo en bikini en la película *Dr. No*?

—¡Oh, Elvis!

—Sí, Elvis.

Los dos nos quedamos mirando al frente, nuestras bebidas también, con la vista perdida. Era una expresión común. Nadie podía competir con Elvis. Perdías desde antes de siquiera intentarlo.

—Volar se me hace excitante. Es como las películas de espías de James Bond —continué la plática. El gordo sonrió, parecía un niño al que le ofrecieron un mantecado. Me empezaba a gustar.

—¡Oh, sí! —dijo. No porque estuviera aburrido, sino lo contrario. Pero creo que nunca fue un buen conversador.

—¿Puede imaginarse la cantidad de espías que vuelan hoy en día? Hombres con apariencia común y corriente. Como tú o como yo. Pero trabajan para los rusos. Cargan pistolas que tienen silenciador. —Los ojos del hombre casi salieron de sus órbitas. Apretó su vaso con tanto fervor que pensé que lo iba a romper—. Entonces uno se sube al avión, se queda dormido y… ¡Paf! ¡Paf!

El pobre hombre saltó. Su bebida se derramó en la barra. Bajé la voz para que no me escucharan los demás.

—Llegas muerto a Acapulco. La KGB cumplió su misión: tomaron venganza por lo de los misiles en Cuba. —Me di media vuelta y terminé el cóctel. El hombre estaba blanco como una bata de doctor. El taburete rechinaba por su temblor.

—¿Es verdad eso que me dices? ¿Realmente hay espías rusos infiltrados en este aeropuerto?

—Socio, son fáciles de descubrir. Gafas y traje oscuros, corte militar. —Volteé a la sala de espera. Encontré al cubano. Estaba a solo unos pasos de donde los niños jugaban—. Observa a ese hombre, es uno de ellos. Si te fijas puedes ver cómo se le hace un bulto en el brazo. Es una pistola. ¿Quién se dio cuenta? Nadie. Estamos en un país libre, todos podemos portar armas.

—¿Ese hombre volará con nosotros? ¡¿Con una arma?!... ¿Cómo lo sabe? —preguntó incrédulo. Me acerqué. Saqué mi placa de investigador privado, se la mostré en menos de un pestañeo.

—Yo trabajo para el FBI. Pero no puedo hacer nada. El hombre tiene derecho de portarla. Por eso peleamos en Vietnam, ¿no? Por la libertad —le dije mientras pagaba las bebidas, y lo dejé con la quijada tan abierta que ya habían hecho un panal las avispas en ella. Le di un cariñoso golpe en la espalda. Me gustan los padres que saben qué es lo mejor.

Solo, regresé a mi lugar a esperar, contando los minutos.

Las cosas sucedieron casi como las había planeado. Al mismo tiempo que comenzamos a abordar, el hombre gordo corrió a hablar con un encargado de la aerolínea. Discutieron por unos minutos. Luego llegó alguien de mayor posición y dos policías. Antes de que pudiera acceder al avión, se acercaron al cubano para llamarlo. Molesto, los siguió.

Antes de entrar al avión, ya en la escalera móvil, logré oír su nombre.

—¡Mi nombre es Luis Posada! ¡No saben con quién se están metiendo!

Me tomé algún tiempo para encontrar mi lugar. El hombre gordo ya estaba en el suyo, al lado de su mujer. Me guiñó el ojo y lanzó una sonrisa. Lo adoré aún más.

—Ese espía ruso ya no va a ser problema, compañero —murmuró.

Me acomodé en el asiento. Frente a la ventana. Desde ahí pude ver cómo la policía forcejeaba con el cubano mientras el avión se alejaba rumbo a la pista. Había sospechado que no se trataba de un federal. Un cubano en Los Ángeles es tan raro como un policía honesto. Quizá pronto se arreglaría su situación, enseñaría sus papeles y el permiso de su arma. Inclusive yo llevaba una en mi maleta. La diferencia es que ningún padre de familia, como mi nuevo amigo, se quejaría ante la aerolínea.

Me gustaba mi trabajo: ser un cabrón de tiempo completo y trabajar horas extras.

VI

Coco Loco

1 coco fresco
½ medida de tequila
½ medida de ron blanco
½ medida de ginebra
1 cucharada de crema de coco
Hielos
Granadina
El agua del coco
Limón

Realice un par de agujeros en la parte superior del coco, extraiga el líquido de su interior y reserve en un vaso mezclador. Corte el coco por la mitad, extraiga una cuarta parte de la pulpa, hágala puré y agréguenla al vaso junto con algunos cubitos de hielo, tequila, ginebra, crema de coco, ron y granadina. Mezcle bien y vierta en copas o en mitades de coco. Exprima por encima el gajo de limón y sírvase con pajitas. Adórnelo con flores.

Existe gran cantidad de versiones de esta receta. En Brasil, en Venezuela y en toda la costa de Centroamérica. En cada uno de estos países, el tipo de alcohol cambia, y hasta se le llega a agregar zumo de piña. El común es la crema de coco. En México, en especial en la costa del Pacífico, las palmeras cocoteras abundan y el coco loco se vende en puestos prácticamente en cada es-

quina. Parte del espectáculo es ver la destreza para abrir el coco
y usar su agua para mezclar. Es conveniente agregarle hielo a
fin de mantenerlo fresco. Se comenta que el coco se vuelve loco
con la mezcla de los tres licores, y que es una bebida afrodisíaca.
De lo que no hay duda es de que se trata de la bebida más re-
presentativa de Acapulco, lugar que inspiró a Elvis Presley a
cantar su éxito del mismo nombre.

Desde mi ventanilla en el avión pude distinguir la bahía de
Acapulco. Es un enorme agujero medio circular en el mar. Como
si el gigante Paul Bunyan hubiera hecho un hoyo en la playa
mientras jugaba en la arena.

Las montañas de los alrededores son de roca maciza. Algunas
adornadas con pelucas de plantas tropicales y palmeras. A un
lado de la península que cerraba la bahía, encontré una gran roca
en forma de pecho de nodriza alemana. Igual de blanca, debido a
su uso, que un baño público de gaviotas, pelícanos y demás aves.
Era conocida como la isla de la Roqueta.

42

Alrededor de la playa, colocados como cartones de leche,
enormes edificios de concreto desfilaban por la avenida principal.
Arriba, en las montañas, se podían distinguir retazos de su pasado pueblerino. Algunas casas se rehusaban a cambiarse por el
uniforme de la modernidad. Sus tejas y muros de tabique enca-
lado permanecían aferrándose a la nostalgia.

Dejamos atrás la bahía. Nadie podía aterrizar en ese lugar de
rocas, excepto un pelícano o Howard Hughes. Ninguno de los dos
era el piloto.

Nos alejamos por un extremo, siguiendo campos sembrados
de cocoteros. Cuando distinguí el aeropuerto, pensé que ya habíamos llegado a otra ciudad: Shanghai o Moscú. Que el aeropuerto de Acapulco estuviera tan alejado se debía simplemente a
un capricho de Dios: no le otorgó nada en línea horizontal excepto el mar.

El avión pisó tierra y rebotó como una pelota. Se acercó al
edificio de la terminal, una pequeña construcción que trataba de
darse abasto con los aviones que llegaban en forma continua.
Cuando abrieron el acceso, una brisa caliente inundó el avión.

Los pasajeros descendimos lentamente. El padre de la familia trataba de controlar a su tribu de niños, que seguían gritando y jugando. El pobre hombre se abanicaba con su sombrero de fieltro. En la plataforma me ofreció una leve sonrisa, tan leve como un suspiro.

Un empleado de Migración nos recibió con cara de tedio. Cuando llegó mi turno me miró con desdén. Revisó varias veces mi pasaporte, no fuera a ser un vikingo sueco comprimido en mexicano. Al ver que todo estaba en orden, me lo devolvió soltándolo en el mostrador como si yo tuviera una enfermedad venérea.

En la aduana saqué mi permiso para portar el arma, acompañado con un billete de varios dólares. El aduanero me miró incrédulo. Recogió el billete y me devolvió mis papeles. No preguntó qué tipo de arma portaba. Podría haber llevado misiles rusos. Para él era lo mismo.

Cuando recogí mi equipaje pude observar que el tipo estaba platicando con un policía. No me importó. Yo ya había llegado al Paraíso.

Afuera había varios guías turísticos que se arremolinaban ofreciendo sus servicios. Los evité como corredor de fútbol a punto de anotar. La sala de arribos no tenía aire acondicionado. Grandes rehiletes trataban de refrescar el lugar sin conseguirlo. En la esquina de la puerta de acceso descubrí a un viejo amigo. Estaba comiendo unas grasosas empanadas de jaiba de un vendedor ambulante. La salsa se le escurría en cada mordida.

—¡Sunny Pascal! —me gritó tratando de deglutir un pedazo del tamaño de Texas.

—Charandas Fernández —le dije, y me puse lentes oscuros para combatir el fiero sol de Acapulco.

No me dio la mano. Siguió comiendo hasta terminar su almuerzo. Después de limpiarse con un pedazo de papel, me prodigó un fuerte abrazo. Se lo devolví con gusto.

Lupito Fernández era uno de los mejores arqueólogos de México. Al menos para mí, pues era el único que yo conocía. Le decían «Charandas» por venir de Morelia y por su debilidad de tomarse sus copitas después de cada comida. El problema es que comía todo el tiempo. Eso se le notaba a leguas. Redondo por donde lo vieras, no más alto que un ídolo azteca y no tan bajo como una vasija tolteca. Aun así era ágil y se movía con ligereza. Llevaba eternamente un sombrero de cuero de ala ancha, pesados pantalones de mezclilla recogidos y botas industriales. Trataba de dejarse una barba de guerrillero cubano. No lo lograba. Nos habíamos conocido en San Francisco cuando un millonario contrató a mi antiguo jefe, Mike Carmandy, para encontrar algunas piezas arqueológicas extraídas de su colección privada. Charandas me dio el pitazo de que tratarían de venderlas en México. Los ladrones lo visitaron para cotizarlas. Recuperamos casi todo, excepto el mentado halcón negro egipcio que tanto deseaba el cliente.

Años después me visitó en Los Ángeles cuando montaba una exposición prehispánica, para ofrecerme un puesto como asesor de seguridad en esta. Era de los pocos amigos cultos de los que podía presumir. El resto era gente de Hollywood: esos se presumen solos.

—Es una sorpresa que dejaras tu madriguera en Los Ángeles. Pensé que eras un animal de costumbres fijas —me dijo tomando mi maleta mientras se limpiaba la grasa de la boca con la manga de su camisa. Sacó un paliacate y se secó la cara. Me tranquilizó que estuviera limpio.

—A veces hasta yo me sorprendo —contesté.

Llegamos a su vehículo: un Volkswagen sedán convertible, con tantas capas de pintura que parecía moteado. Aventó mi equipaje en la parte posterior.

—¿Te molestaría si te pregunto en qué andas?

—No.

—¿No te molestaría o no te pregunto?

—Ambas cosas. Ando en un trabajo secreto. Mi fachada es cuidar a Johnny Weissmuller.

—¿Conque trabajando en una película? Pronto convertirán Acapulco en el *backlot* de Hollywood. Terminaremos recogiendo el estiércol de los carruajes de las estrellas —gruñó.

Me acomodé en el asiento del copiloto y puse en el suelo libros viejos y panfletos del Partido Comunista. Me había comunicado con él al saber que estaría en Acapulco. Deseaba ver a mi amigo y tener transporte gratis.

—Yo no discrimino billetes, el racismo económico es mal visto.

—Tú ya eres un porco capitalista. Te perdimos hace mucho,

camarada —me contestó al arrancar el auto. Este tosió varias veces, refunfuñando por haberlo despertado.

Charandas se salió de los terrenos del aeropuerto. Tomó la carretera que estaba endulzada por enormes palmeras y manglares con garzas blancas.

—¿Sigues trabajando para el Instituto de Antropología? —le pregunté para hacer plática durante el camino.

Charandas esculcó en sus bolsillos, sacó una paleta de caramelo y se la metió en la boca.

—Los ayudo a catalogar objetos que han encontrado en navíos hundidos. Nada que no puedas comprar en la calle por diez pesos —el viento trataba de volarle su sombrero, así que se lo caló hasta las orejas, mas no se lo quitó—, pero estoy haciendo mis propias investigaciones. Yo también trato de no hacer el feo a los billetes. Aunque vengan de los imperialistas.

—¿En qué andas? —le pregunté mientras veía los puestos, al lado de la carretera, en los cuales vendían cocos fríos. Por un momento deseé pedir que se detuviera y comprar uno con una buena medida de gin.

—La Nao de China. Un galeón que en tiempos de la Colonia llegaba a Acapulco cada año desde las Filipinas, con telas, joyería, marfil, porcelanas y demás tesoros. La última vez fue en 1844 —narraba mientras chupaba su caramelo ruidosamente. Inclusive más fuerte que el motor del automóvil.

—Temo decirte que se te hizo tarde por algunos años. No creo que encuentres ya nada que comprar.

—Sunny, oye lo que voy a decir: sé dónde está uno de los galeones desaparecidos, el San Sebastián, que dicen que se hundió en 1754. Esa carga será mía y no pagaré ni un peso por importación.

—¿Otra vez tras leyendas de tesoros? Pensé que después del pajarraco negro se te habían acabado las ganas —contesté, pero no tranquilo. Moví el espejo retrovisor para confirmar mi sospecha.

Charandas también se había dado cuenta de lo mismo:

—¿Había alguien más que te estaba esperando?

—En el hotel. La cola que traemos no creo que la encontremos en mi agenda de teléfonos —le dije comprobando que un auto Ford Edsel en color oscuro nos seguía desde el aeropuerto.

Frente a nosotros estaba ya la montaña que tendríamos que sortear para llegar a la bahía de Acapulco. Las curvas cada vez estaban más cerradas. Era un laberinto de círculos entre rocas. Empecé a ponerme nervioso. Del lado de mi amigo se abría un gran precipicio con piedras afiladas que descendían hasta el mar. Si te caías, iba a doler.

—¡¿Y qué hago?! —me preguntó Charandas tras escupir su caramelo como si fuera venenoso.

—No lo sé. Quizá solo es un turista perdido.

Casi no había terminado de decirlo cuando el Ford Edsel nos golpeó por atrás y nos hizo patinar. Era un automóvil encabronadamente grande. Si lo volvía hacer, nos aplastaría como a una hormiga en medio de la carretera.

Al menos ya sabía que no estaba perdido y que no era turista, pues salió por la ventana una mano con pistola. Las balas pasaron a los lados y dieron en la sólida pared de roca. Volteé a ver a los que conducían, eran dos hombres con cara intercambiable. Podían ser vendedores de Biblias o ladrones.

Charandas aumentó la velocidad. Estaba pálido, había visto a su propio fantasma. Pobre, quizá nunca le habían disparado. Para mí era como estar en casa.

—¡Dispárales! ¡¿No se supone que eres detective?! —gruñó.

Yo me volteé. Mi Colt seguía donde la había colocado la última vez: entre la ropa interior de mi equipaje.

Otra nueva lluvia de balas llegó. Esta vez una cruzó el parabrisas, dejándolo como una compleja telaraña. Mientras regaba mi ropa por el auto, tratando de encontrar el arma y las balas, mi amigo no paraba de gritar. No un solo grito, sino un aullido continuo que no se detenía.

Por fin logré colocar cuando menos cuatro municiones en la pistola. El primer tiro fue tan erróneo que seguro maté a un chino en China. El segundo hizo lo suyo en el parabrisas. Harían negocio los vendedores de cristal esa tarde.

Para ponerle picante al asunto, un enorme camión de transporte venía en sentido contrario al nuestro. Bajaba poco a poco y forzaba ruidosamente los frenos. Por un momento pensé que Charandas frenaría, pues no había espacio para los dos en la carretera. Solo por un momento.

Cuando aceleró, decidí que sería bueno guardar la última bala para matar a mi amigo por habernos llevado a un accidente mortal. No fue necesario usarla, el pequeño auto pasó entre el camión y la pared de piedra, como una novia entra en su traje de boda dos tallas más chico.

No vimos el accidente del Ford Edsel. Una curva nos lo impidió. Pero el estruendoso ruido seguro que lo oyó hasta el chino al que había matado con mi bala perdida.

VII

Grog

2 medidas de ron
2 medidas de ron jamaiquino
2 medidas de ron negro
2 medidas de agua
2 medidas de zumo de limón
Azúcar

Mezcle los ingredientes en una jarra de cerámica o en alguna otra vasija que no transmita el calor. Se puede tomar en una taza de café capuchino. No hace falta decoración, esta es una bebida para hombres rudos, piratas. Si se quiere, colóquese una rodaja de limón con especia de clavos para que desprenda aroma, mientras el músico surfista Dick Dale toca la guitarra en su tema *The Victor*.

Esta mezcla, aunque parece más un té, es catalogada como cóctel. Fue inventada por la Marina británica como forma de reducir el consumo de ron por parte de los marineros; formó parte de la ración diaria hasta 1970. A mediados del siglo XVII era la bebida más popular entre los piratas. Es una bebida para entrar en calor durante los largos viajes en barco. Se parece a un Daiquiri, pero antiguamente se servía caliente, sin glamour y destilaba un sabor insípido. Hoy se sirve fría y se le agregan los zumos cítricos, como el de pomelo.

Yo trataba de que la paleta de limón no se derritiera entre mis dedos. Por más que la chupaba, gruesas gotas caían en mi camisa. El calor era bochornoso, las manchas de la paleta derretida se mezclaban con mi sudor. Esperaba sentado en el auto estacionado en la costera peleando cual mamut contra el deshielo. Mientras, Charandas trataba de atrapar información en un bar.

Salió de este y subió al Volkswagen. Se veía tranquilo. Como si hubiera salido de una confesión con un sacerdote, cosa que era imposible, pues solo tenía como religión al Partido. Chupaba también una paleta helada, de grosella. Le había pintado los labios de «rojo prostituta barata».

—Nadie sabe nada —me dijo Charandas cuando arrancó el automóvil.

Después del susto de la carretera, decidimos perdernos un rato. No deseábamos que la policía nos buscara. Ninguno de los dos tenía ganas de charlar con ellos. Generalmente, esas pláticas terminaban mal.

Nos metimos en el primer puesto de mariscos que se nos cruzó. Comimos un pescado «a la talla», una cazuela de jaibas con ajo, dos cocos locos y seis cervezas. Después de eso, nos volvió el color al rostro y se nos borró la blancura de muerto resucitado.

Paseamos por la costera. Había un constante movimiento. Uno podía encontrarse con tipos enseñando músculos a las turistas gringas; mujeres en busca del sol que dorara su piel para exhibirla en elegantes bares, y vendedores de playa vestidos en un pulcro blanco, vendiendo tónicos, dulces y joyería barata al doble del precio.

El ruidoso tránsito de Acapulco era constante. Salpicado por anuncios de neón, letreros con faltas de ortografía y casas que se balanceaban en peñascos rocosos. Para mí era la versión mexicana de Sunset Strip. Más barata, más desagradable y mucho más hipnótica. Acapulco es la playa que Los Ángeles desearía tener.

—¿Estás seguro de que nadie preguntó nada? —le pregunté mientras me deshacía de la paleta, que estaba a punto de convertirse en lago.

—Nada. Un accidente más. La carretera de Las Brisas es peligrosa…

Con esa frase cerrábamos el desafortunado evento. No pregunté más, ni Charandas tampoco. Para mí la respuesta era simple: los de Migración dieron un pitazo para asaltarme o Charandas estaba metido en algo más peligroso que buscar barcos hundidos. Que yo supiera, los piratas no manejaban Ford Edsel.

—Llévame a mi hotel. Creo que por hoy tuve más diversión que el carrusel de Santa Mónica Pier —le dije.

Charandas me sonrió, enseñando sus dientes pintados de rojo grosella.

—Espero una buena propina por el servicio de taxi.

—Veamos cómo te portas los siguientes días. —El viento me refrescó la cara. Cerré los ojos y lo disfruté—. ¿Y cómo piensas sacar un tesoro hundido? ¿Con un anzuelo?

—No está hundido. Todos creen que el San Sebastián fue hundido por el pirata George Compton en la isla de Santa Catalina. Tú que pierdes el tiempo surfeando en California quizás hayas oído la leyenda.

No era difícil encontrarse con ese cuento. Muchos buzos especializados habían tratado de encontrar el galeón hundido frente a las costas de California. Se decía que el pirata George Compton trató de abordarla, pero tuvo un error de cálculo, se hundió con el botín antes de que alguien pusiera un pie en él. Debió haber sido frustrante para el pirata. Quizá dos o tres de sus marinos fueron fileteados nada más para apaciguar su mal genio.

El pequeño auto de Charandas dejaba atrás el centro de Acapulco. Nos dirigíamos al otro extremo de la bahía. Pude ver a lo lejos el hermoso fuerte que servía como portería para evitar goles de los piratas ingleses.

—Descubrí en un documento que el barco se hundió, pero después de haber sido robado. Compton decidió esconder el botín debajo de las narices de la real flota española: en Acapulco.

Su sueño de enriquecimiento inmediato estaba aburriéndome. Sospechaba que yo sería quien recibiría el gol. No me equivoqué.

—Por eso pensé en ti. Necesito fondos para costear mi exploración.

Volteé a verlo. Desconozco qué cara le mostré, pero sí sé que fue explícita.

—¡Vamos, no te estoy mintiendo!

Mi hotel me salvó de la situación. El anuncio de Los Flamingos estaba frente a nosotros. Nos hallábamos en lo alto de una montaña, entre palmeras y caminos hermosamente cuidados con plantas costosas y flores coloridas. Era el tipo de entrada a la que estaban acostumbradas las estrellas de Hollywood. Eso era el hotel Los Flamingos, un pedazo de Cinelandia en la bahía acapulqueña.

El sedán se detuvo frente al lobby. Charandas seguía esperando mi respuesta. Solo obtuvo un golpe cariñoso en la espalda y una sonrisa. Era su propina.

—Luego hablamos. Encárgate de que ningún pirata nos vuelva a tratar de quitar nuestro tesoro.

Tomé mi equipaje y me perdí en el edificio de la recepción. Un botones en guayabera blanca me lo arrebató en búsqueda de un billete de dólar.

—Tengo una reservación a nombre del señor Scott Cherris —le dije al muchacho, que parecía tener cosida su sonrisa a la cara.

Sin voltear a verme, contestó:

—El señor Tarzán ya lo está esperando.

VIII

Banana Daiquiri

6 medidas de ron
3 medidas de licor de banana
1 medida de jugo de limón
½ banana
Hielo

Coloque en el vaso de la licuadora el licor de banana, ron blanco, jugo de limón, el hielo y la media banana. Licue a toda velocidad, esperando a que se trituren y mezclen los ingredientes, entre quince y treinta segundos. Sírvase en una copa de globo o copa de cóctel.

El daiquiri tiene su origen en Cuba, en especial en el famoso bar La Floridita. Y aunque su procedencia fue la mezcla de zumo de limón, azúcar y ron blanco, se ha extendido en una gran variedad de sabores, especialmente de frutas tropicales. Un gran amante del cóctel era Ernest Hemingway, que escribió en su obra Las islas del golfo*: «La bebida no podía ser mejor, ni siquiera parecida, en ninguna otra parte del mundo... —Miró la parte clara debajo de la cima* frappé *y le recordó el mar». El daiquiri de fresa, de tamarindo o de piña tomaron el lugar del clásico. A tal grado, que en la película* El Padrino II*, el mafioso Fredo Corleone pide un banana daiquiri al llegar a Cuba, pues él sabía que disfrutarlo con el éxito de Los Tokens* The lion sleeps tonight *es incomparable.*

Johnny Weissmuller era un poco más bajo que el Empire State y dos palmas más alto que el Capitolio. Su estructura corporal era similar a un tanque Panzer reforzado, y sus brazos asemejaban los remos de un barco vikingo. En cambio su voz poseía un tinte juvenil, de muchacho con todo y espinillas. Tenía una gran mata de pelo. La suficiente para ser cortada con una podadora de césped. En los extremos ya reflejaba las canas del inoportuno paso de los años. Si había algo que llamara la atención del conjunto era la fila de dientes blancos que marchaban uno tras otro en una sonrisa toda mazorca. Para iluminar ese desfile, un par de ojos brillantes se abría como puertas a su interior. Y en este, no había nada que esconder.

—¡Sunny Pascal, supongo yo! —me gritó desde su silla cubierta por una enorme sombrilla de domo de iglesia.

Estaba sentado al lado de su cortijo en el hotel. Una pequeña casa con todas las comodidades que una estrella necesita, incluido un Cadillac V-8 1963 a la puerta. En la mesa había un par de bebidas a medio tomar y la sección de deportes del *Los Angeles Times*. En un plato habían colocado una ensalada de Pico de Gallo con piña, mango y jícamas en una orgía de limón con chile. Se respiraba un ambiente de cordialidad y calma. Uno podía sentir cómo los problemas se quedaban atrás.

—Mucho gusto, señor Weissmuller —le respondí en español ofreciéndole mi mano para que fuera triturada y zangoloteada en algo parecido a un saludo. Al terminar, mi extremidad quedó cual cucaracha aplastada por un zapatazo.

—Siéntate, acabo de comunicarme con Cherris. Me ha anunciado tu llegada. —Ofreció el asiento vacío en inglés. Me acomodé dejando caer todo mi peso en él—. Debes tener sed, ¿un trago?

No puedo decir que no a una bebida, a un beso o a un dólar. Acepté moviendo la cabeza. Un chamaco con un poco más de una decena de años apareció corriendo, de entre las buganvilias que adornaban todo el lugar. Poseía el pelo rizado y unos grandes ojos de monedas de a tostón. Era tan agradable que desearías envasarlo en un bote y llevártelo a casa.

—Adolfo, el señor Pascal se quedará con nosotros durante el festival. Ve al bar y tráele un daiquiri —le pidió Tarzán con una gran sonrisa. El muchacho aseveró con la cabeza y salió corriendo por las escaleras—. Es un buen chico. Trabaja en el hotel desde hace unos años, cuando era propiedad de John Wayne, Red Skelton, Fred McMurray y mía. Lo vendimos hace unos años, pero mantienen mi casa para vacaciones.

El hotel Los Flamingos era un grupo de terrazas, palapas y cuartos distribuidos estratégicamente entre un edén de palmeras cocotero, largos arbustos serpenteantes y enormes manojos de buganvilias que caían a los precipicios como ramos de novias. Alzado, de cara al mar Pacífico, donde un azul profundo dominaba el ambiente mezclándose con el brillante cielo. El desarrollo ayudaba a que cada bungaló tuviera cierta privacidad del resto del conjunto sin perder las hermosas vistas. No había duda de que se trataba del mejor lugar para refugiarse si eras una estrella de Hollywood.

—Nunca pensé que llegaría a conocer a Tarzán en persona. Admito que es un placer. De niño soñaba con poder nadar entre los cocodrilos y las sirenas. Más con las últimas, para serle franco —admití con admiración.

Johnny Weissmuller me dio un gran golpe en la espalda. Tuve que ir a recoger mi pulmón, que salió por la boca.

55

—Te tengo una sorpresa —susurró cerrándome el ojo. Se levantó y dio un paso hacia el pretil del acantilado en dirección al mar. Tras desabotonarse la camisa, mostró un pecho del tamaño de un autobús. Se golpeó con los puños cerrados y, colocando las manos en la boca para amplificar el ruido, soltó su característico grito de Tarzán.

Yo salté de mi asiento lo bastante alto como para tocar un pelícano. Había sentido el grito de la jungla a solo un par de centímetros. Estoy seguro de que todo Acapulco lo escuchó. Johnny Weissmuller se carcajeaba al ver mi cara. Adolfo llegó con mi bebida. Me la tomé de golpe.

—¿Ya le enseñó su grito de Tarzán? Lo hace cada mañana para asustar a los huéspedes, aunque muchos están por eso —explicó el muchacho. Johnny me volvió a dar una palmada en la espalda entre sus inocentes risotadas, esta vez aderezadas con su tufo alcohólico. Noté los ojos inyectados de sangre—. Deje que lo haga, señor. Si estuviera la Condesa, ya lo hubiera regañado.

—En Cuba me atraparon los rebeldes en plena revolución. Estaba jugando un torneo de golf de celebridades con mi tercera esposa, Allen Gates. Llegaron una decena de muchachos con barbas y trajes verdes. Todos con armas, apuntándonos y vociferando. Cuando me amenazaron con secuestrarnos, me enojé y emití el grito de Tarzán. De inmediato me reconocieron y nos dejaron ir, mientras decían: «¡Tarzán! ¡Tarzán!»… Hasta los comunistas quieren al Rey de la Selva —soltó mientras hacía desaparecer dos copas más.

El muchacho permaneció parado a mi lado, con los ojos sin parpadear: se veía que lo quería.

Desde luego que los chicos de Fidel Castro tenían razón: todo el mundo quería a Tarzán. Johnny Weissmuller era una leyenda en toda su extensión. No solo por su carismática actuación como el hombre mono en las películas, sino dado que era el ejemplo de un triunfador hecho por mano propia. Un héroe olímpico, un competidor nato y un hombre íntegro. Había ganado tres medallas de oro en carreras de natación en los Juegos Olímpicos de 1924, y dos en los de 1928. Sin contar su bronce al competir en el equipo de waterpolo.

—Yo nunca pierdo una carrera, ni siquiera con esos rojos…

—¿Nunca?

—Me retiré invicto. Ni siquiera perdí una carrera cuando practicaba en la YMCA de Chicago. No sé lo que significa la palabra «perder».

Alcé mi daiquiri y brindé con Tarzán. Me agradaba ser guardaespaldas de un tipo como él: todo músculos, todo fama y sin nada de complejos. Sería pan comido este trabajo.

—¿Y tú, *kid*? —me preguntó Weissmuller mientras cerraba su camisa—. ¿Cuál es tu historia?

—No me he casado con Lupe Veles, la dinamita mexicana; no he tenido como compañeros de trabajo a un chimpancé, ni a un león ni a un niño en taparrabos; tampoco soy presidente del Salón de la Fama de la Natación en Florida… Simplemente soy un tipo al que puedes encargarle las cosas de seguridad.

Otra palmada en mi espalda hizo de mi cerebro una tortilla de huevos. Si seguíamos con esas muestras de afecto, terminaría recogido por una pala.

—¡Eres mi tipo, *kid*! —dijo Weissmuller haciendo desaparecer otro trago. Por mucho, era mejor bebedor que yo—. ¿Detective en Hollywood? Eso sí es algo que ver.

—Suena más importante de lo que en verdad es. Es un trabajo, nada más. Trabajaba en una agencia grande, la de Carmandy. Decidí ser mi propio jefe y tener tiempo extra para surfear en Santa Mónica, así que me independicé.

—¿Carmandy? Lo recuerdo. Hizo un trabajo para mí en el 57: mi hija Heidi huyó de su madre, mi tercera esposa. Anduvo perdida por más de treinta y cinco días. Los empleados de Carmandy la encontraron viviendo con una familia mexicana al sur de Los Ángeles. Esta la asistió al verla vagar por las calles. Mi hija estaba aterrada, tenía catorce años… Si ves a tu exjefe, mándale mis abrazos.

—Lo haré, señor. ¿Y la condesa Maria Bauman? —pregunté. Cherris me había dicho que Weissmuller había comenzado una relación con una mujer alemana que se hacía llamar la Condesa. Me había advertido de su veneno y mal genio. Deseaba saber si, como serpiente, estaba agazapada y dispuesta a saltar para matarme. Johnny se convirtió en todo júbilo. Otro brindis.

—Está en Florida, *kid*. Seremos solo tú y yo.

—Me gustaría que me platicara de su problema, señor. —Saqué el asunto lo más rápido posible. No deseaba una mala sorpresa después.

—La vida me ha sonreído. No me quejo. ¿Explícame cómo es que un tipo sube a los árboles, dice «Yo Tarzán, tú Jane» y gana un millón de dólares?

—Suena como si fuera el sueño americano.

—Soy tan sano a mis cincuenta y cinco años como cualquier humano pudiera serlo. Pero la vida dejó de sonreírme. Me robaron mi fortuna, y la existencia que llevo no es fácil.

—¿Pidió dinero?

—Quizá no me acerqué a las personas indicadas. Ahora lo desean de regreso.

—¿Nombres?

—Son los terratenientes locales y unos estadounidenses. Lo peor de ambos mundos.

—¿Quiere que averigüe quién está detrás de esto?

—Ya no tengo edad para eso, *kid*. Simplemente paga. No me gustan las cosas complicadas. Recuerda que soy campeón olímpico, y algunas personas llaman a las villas olímpicas campos de boy scouts ricos.

Traté de arrancarle un dejo de mentira a sus palabras. No encontré nada. Sus ojos eran grandes, limpios y sin mancha. Un poco alocados por los tres litros de alcohol, pero yo no le arrojaría la primera piedra por ese pecado.

Permanecimos acompañados de Adolfo en la terraza, platicando sobre anécdotas de los Juegos Olímpicos, de cuando le propuso matrimonio a Lupe Veles con el león de Tarzán a su lado, y de cuando conoció a la reina de Holanda en una posición tan incómoda que, al parecer, su majestad confundió las medallas de oro de Johnny con lo que colgaba entre sus piernas. Fue una tarde agradable. El sol lentamente se fue sumergiendo en el mar, mientras una policromía explotaba entre las nubes. Acapulco me daba la bienvenida.

—¡Es hora de emperifollarse, *kid*! —dijo Johnny al levantarse y estirar sus brazos como dos palas mecánicas que se desentumieran.

—¿Adónde vamos? —cuestioné intrigado.

—A la inauguración del Festival de Cine de Acapulco.

IX

Margarita Frozen

2 medidas de tequila plata o blanco
1 medida de *triple sec*
1 medida de jugo de limón
Hielo

Mezcle todos los ingredientes en una licuadora, a
baja velocidad para triturar el hielo. Se sirve en una
copa abierta, escarchada con sal. Para hacerlo, se ha
de colocar sal en un plato, mojar con limón los bor-
des de la copa y voltearla en el plato para que se es-
carche.

*El margarita es hoy en día una de las bebidas más populares
del mundo. La historia de sus orígenes es variada: Danny Ne-
grete, quien en los cuarenta tenía un bar en el hotel Peñafiel en
Tehuacán, la creó para su hermano y su esposa como regalo de
bodas; otra versión cuenta que Enrique Bastante, en Tijuana, la
elaboró en honor de Rita Hayworth, quien en realidad se llamaba Margarita Cansino; también se dice que, en la mismísima
Ciudad Juárez, el bar Tommy's Place lo sirvió a sus clientes en
1942 para la fiesta de independencia norteamericana; hasta se
dice que Margaret Sames, una rica jubilada norteamericana, ad-
mite haberlo inventado para ofrecer el rudo tequila a sus invitados. Cada uno posee distintas combinaciones de las tres partes y
todas son válidas. A más tequila, más fuerte el sabor.*

El siguiente paso en la historia de esta popular bebida se dio cuando se licuó con los hielos, se le dio una textura de nieve y se la adornó con una rodaja de limón agrio. Ya en 1953 la revista Esquire *la nombraba la bebida del año. Para 1971, el químico John Hogan creó la máquina para hacer frozen margarita para el restaurante Marianos en Dallas, y la hizo accesible a todos los bares en la unión americana. Hoy, en México, es correcto que se pregunte si se desea «en las rocas o* frozen»*, escuchando* Another saturday night, *de Sam Cooke.*

El Festival de Acapulco era la fachada para que estrellas de cine más populares se emborracharan, coquetearan o se traicionaran. En sus horas libres promocionarían un filme. Eso sucedía aquí y en Cannes. La idea de crear un festival de vanidades provenía del *maxime socialité* político mexicano: el expresidente Miguel Alemán, que orgullosamente ostentaba el puesto de ser el primer mandatario civil en México de este siglo. Y desde luego, el primer presidente que estaba más interesado en seducir actrices que en hacer revoluciones. Con ello, México cambió su cara al mundo. Pasó de un hoyo de bandidos y revolucionarios a un lugar donde hermosas meseras en trajes típicos recibían a los turistas con margaritas y donde los mariachis cantaban *La cucaracha.*

Para poder venderles el carro completo a los incautos turistas estadounidenses, el presidente Miguel Alemán, junto con su colega Harry Truman y Walt Disney, creó el plan perfecto: una película. Produjeron *Los tres amigos,* que no solo fue una cinta más del imperio del ratón Mickey, sino que se convirtió en catálogo turístico. Mostraba Argentina, Brasil o México como lugares mágicos. Papá USA era bueno para con los niños latinoamericanos. No se fueran a ir con el feo de la película: los nazis. Ellos siempre son los malos en todos los filmes. Hasta en los alemanes.

Fue un plan espectacular. Si quieres que la gente crea algo, tan solo ponlo en un filme. Entonces, se vuelve dogma. Por ello no entendía por qué Dios hizo la Biblia. Se hubiera esperado a la versión de David Lean en pantalla grande para asegurar su éxito.

Miré el cielo desde la terraza de mi cuarto y disfruté de uno de esos cócteles margaritas que promocionaron el Pato Donald y sus amigos. Una luna melancólica flotaba en el cielo estrellado como si fuera un tipo solitario de callejón. Me recordó a mí. Brindé esperanzado en que la luna también tuviera buenos cantineros, ya que los del hotel eran una maravilla. Me metí a mi habitación dejando a mi compañera de soledad para que tratara de ligarse alguna de las estrellas de la noche. Yo trataría de hacer lo mismo, pero, puesto que eran del tipo Hollywood, serían más pomposas.

Mi habitación era amplia y fresca. En tonos salmón, rosa y naranja, como si hubieran desparramado caramelos infantiles por las paredes. Una enorme cama, donde podría montar un partido de básquetbol, dormitaba al centro. Había un escritorio en madera tallada en un extremo. Tan mono que parecía sonreír. Un par de equipales con sarapes le daban un toque a la decoración, emulando la cereza que colocan en un banana split. No había duda de que cuando la gente deseaba vivir bien, los ricos se esforzaban en ello.

Tomé un duchazo largo. Me sequé con una toalla que podía servir de tela de galeón y me afeité con tranquilidad, tratando de no cortar mucho mi barba beatnik. Cuando uno es lampiño, cada pelo cuesta mucho.

61

Por último, revisé mi maleta y me deprimí. En ella no había nada digno para el Festival de Acapulco. Estaba a punto de sentarme a llorar con mi amiga luna cuando el botones apareció en la puerta con una guayabera blanca de manga larga, tan reluciente que brillaba por sí sola.

—Se la manda el señor Johnny. Dice que si va a ser su acompañante, lo haga con clase.

La tomé y la revisé con cuidado. Era de Yucatán. Hecha a mano. Se veía costosa y estaba seguro de que lo era más. Johnny Weissmuller sabía gastar, y eso es un problema cuando estás totalmente quebrado.

Un poco a regañadientes, me la puse. Se veía perfecta. Al mirarme al espejo me sentí guapo e importante. Fue solo un par de segundos. Después, acepté que seguía siendo un perdedor alcohólico, aunque bien emperifollado. Levanté los hombros, aceptando mi condición, y me largué de la habitación.

En el *lobby* bar, sentado en su silla de rey del hotel, Johnny me esperaba mientras guaseaba con el cantinero. Vestía en impecable color blanco que contrastaba con su bronceado de pátina típica de éxito. Era pátina de dólares. Y aunque era una estrella pasada de moda, exudaba ese estilo que solo los elegidos por Hollywood poseen. Desde luego, la culpable era su especial sonrisa. Una de extrema seguridad en sí mismo.

—¡Aquí está mi sabueso personal! ¡Sunny Pascal! —gritó para que todos lo oyeran. Seguramente también lo hizo la luna, pues al voltear a verla aseguraría que se burlaba de mí—. Perfecto, te ves como una persona con clase.

—No es una imagen que me gustaría dar. Prefiero dejarte las chicas y los fotógrafos a ti —respondí mientras me sentaba a su lado.

Aparecieron nuestros compañeros: dos margaritas. El bar estaba casi lleno de turistas y de reporteros que cubrían el evento. Algunos volteaban a ver a Johnny, que sin pensarlo les respondía con un saludo y su sonrisa perfecta. Me sorprendió ver a mi camarada de vuelo: el señor Todo Familia. Ahí estaba, con su sobrepeso, su calvicie, su sudorosa camisa italiana y su tribu de críos que estaban a punto de incendiar el hotel.

—Hola, amigo —me dijo en español. Sonó como serbio. Pero aun así le sonreí. Le había agarrado cariño—. Veo que está cuidando al señor Weissmuller de las garras comunistas. Está bien que el Gobierno se preocupe por cuidar a los norteamericanos reales. Como él, John Wayne y Henry Kissinger.

Mi sonrisa se quedó congelada. Le hubiera roto el corazón saber que Kissinger era alemán, y Weissmuller, rumano.

—Para eso estamos, para ofrecerle un mundo mejor. ¿Y a usted cómo le va?

—Doris ha tratado de seguir los lugares de Elvis en Acapulco y está emocionada por el festival. Encontró diversión pidiéndole autógrafos a todas las estrellas —explicó limpiándose el sudor con el pañuelo. No sé si me gustaba más que tuviera bordado su nombre o los pantalones cortos claros con medias y zapatos negros—. Yo me pregunto que…, siendo usted un agente del Gobierno, ¿podría ayudarme a conseguir un autógrafo del señor Weissmuller?

Alcé los hombros. No le veía problema. Tomé su libreta y se lo pedí a Johnny. Este lo firmó alegre. Al devolvérsela, la recibió como un chiquillo. Su rubor en las mejillas era tierno.

—¡Muchas gracias, señor agente!

—Bébete tu trago… —me dijo Johnny en su español cavernario.

Me acerqué a él para hablarle en un susurro. Me senté a su lado, dejando a mi compañero con su pesadilla familiar.

—Johnny, no quiero ser un aguafiestas, pero ¿cómo puedes estar tan tranquilo sabiendo que debes una gran pasta?

—Bebo porque no puedo evitar esa realidad, *kid*. De nada servirá deprimirse. Confío en que tú lograrás hablar con ellos. Las cosas siempre han sido sencillas en mi vida. No veo por qué complicarlas —respondió sin que los extremos de su sonrisa decayeran en ninguno momento. Era un optimista perfecto.

—No puedo asegurar nada. Tal vez solo conseguiré una bala —expliqué tras beber la copa.

No contestó. Johnny se levantó frente a mí. No pude dejar de admirar su altura. Era lo más cercano al monte Everest.

Ambos caminamos al estacionamiento. Tarzán se despidió del cantinero con un ademán.

—Tú manejas. Ando un poco mareado.

Su automóvil era el Cadillac descapotable que nos esperaba adormilado debajo de un cocotero. Me subí y disfruté de la amplitud interior. Seguramente se podría rentar como departamento. Johnny se colocó atrás. Habían dispuesto un pequeño bar. Se sirvió dos copas más. Una me la dio mientras arrancaba al somnoliento motor. Conduje en silencio, bebiendo y haciendo sonar los hielos en el vaso. Después de un rato tuve que preguntar:

—Johnny, ¿qué se siente al recibir una medalla de oro o romper una marca mundial?

Tardó en responderme. Observaba por su ventana una playa lejana. Sin mirarme, respondió:

—No son los aplausos ni las felicitaciones. Es la forma de hacer las cosas, la velocidad viene después. El saber que tú fuiste el mejor, que hubo otros que lo intentaron pero no lo lograron. Que eres una persona única en el mundo, alguien con un don.

Continuamos en silencio un rato más. Terminé el trago unas cuadras antes de llegar al malecón de Acapulco.

—Creo que nunca llegaré a sentir eso —le dije a Johnny con una sonrisa. Sabía que me observaba. Pude ver por el retrovisor sus infantiles ojos. Sin ser sarcástico, simplemente afirmó:

—No, creo que no.

63

X

Old-fashioned

4 medidas de whisky o burbon
1 golpe de soda
1 rodaja de naranja
2 cerezas al *maraschino*
1 cáscara de limón
1 cucharada sopera de azúcar
2 gotas de amargo de Angostura

Ponga el azúcar en el fondo de un vaso bajo, añada el amargo de Angostura y agua. Mezcle hasta que se disuelva el azúcar. Con este almíbar pinte todo el vaso. Añada la rodaja de naranja apretándola un poco para que suelte algo de jugo. Agregue los cubos de hielo, sirva el whisky y remueva. Termine con una espiral de limón (opcional) y 2 cerezas al *maraschino*. Algunos lo prefieren solo con la espiral de limón, o sin las cerezas, o con un poco de soda al final, pero eso es al gusto del consumidor.

Quizás la primera bebida llamada «cóctel». El viejo libro del bar Waldorf-Astoria de 1931 le da el crédito de su inspiración al coronel James A. Pepper, propietario de la destilería del whisky Old 1776. El coronel era miembro del club donde por primera vez se preparó la mezcla, aunque se discrepa en que este sea el origen real, pues existen cartas donde ya se nombra en el Pendennis Club, un club para caballeros, en Kentucky. Su edad avanzada es de donde proviene el nombre, y sigue tan campante como siempre, tal como dice la canción As times goes by, *cantada por Duncan Galloway.*

El malecón de Acapulco estaba efervescente. Las personas caminaban por la banqueta disfrutando la frescura nocturna. La llegada de la noche era el aviso para que todos los dispuestos a pecar lo hicieran. Al parecer esa noche había muchos: mujeres de amplias faldas meciéndose cual barcos y chicos de pelo envaselinado con pantalones de tubo en busca de una presa. Todos rondaban en la humedad sofocante como jaurías de lobos. Entre ellos, se mezclaban las familias de turistas a la busca de un restaurante, un chiringuito para refrescarse con cervezas o un poco de emoción para su vida.

El tráfico era lento, no por la afluencia, sino porque nadie llevaba prisa. Conducía el Cadillac entre autos, cual si me encontrara en un carnaval. Las luces de neón de los hoteles pintarrajeaban la escena con colores falsos. Llegamos a un extremo de la marina, hasta un edificio de cristal y acero que se erguía vanidosamente entre rocas y jardines con un apabullante estilo moderno. El hotel Condesa era imponente. De su parte inferior, una losa de concreto, poco más gruesa que una rebanada de pan, sobresalía. A su alrededor, grandes reflectores de luz apuntaban al aire como si esperaran un ataque nipón de aviones. Supuse que no deseaban que se repitiera Pearl Harbor. Los de Estados Unidos seguían traumados de que los agarraron con los calzones abajo.

Dirigí el automóvil a la recepción. Un tumulto de fotógrafos y de reporteros acechaban a cada vehículo a su llegada. Los flashes comenzaron a saltar. Un trío de conserjes vestidos en azul y blanco se desplegaron eficazmente alrededor nuestro. Uno abrió la puerta a Johnny, otro a mí, el último me arrebató las llaves del auto.

Weissmuller se detuvo ante los fotógrafos y los mirones que gritaban su nombre. Me quedé esperándolo a una distancia pertinente para no llamar la atención. Johnny se tomó su tiempo para firmar autógrafos mientras los reporteros saciaban su hambre de estrellas disparando instantáneas.

Otro auto llegó. La puerta se abrió de golpe, un olor a perfume se desparramó. Cuando emergió la mano en busca de ayuda para salir, caí en cuenta de que me habían confundido con un conserje. Mi sorpresa fue creciendo hasta llegar a quitarme la respiración. Detrás de la delicada mano que había tomado para recibirla, estaba un cuerpo todo perfección. Una melena roja ardía tapando el ojo derecho. El izquierdo era una marea de miel, listo para zambullirse en él. Vestía con una amplia falda color menta. Su piel era porcelana, Acapulco no la había dorado. No sabía si mirarla a los ojos o disfrutar los labios de durazno. Era magistral, su voz también. Ella era la razón viviente de que Dios no se había olvidado de los hombres. Para ello creó a Ann Margret.

—Eres una lindura —me dijo con esa inconfundible voz gruesa que usaba para derretir hombres cuando cantaba *Thirteen men*.

Apartó el pelo y pude ver sus dos ojos. Despedían un brillo de helado de caramelo. Me entregó las llaves en la mano. Su presencia sueca opacaba un flamante Thunderbird descapotable del mismo color de su vestido, que trataba de sobresalir infructuosamente.

—Ten cuidado con él, me lo regaló un amigo.

Abrí la boca. Así se quedó.

—¿El auto? ¿*Hablar tú inglés?* —insistió al verme convertido en piedra. Su fleco cayó de nuevo. El hielo en todo el polo Norte se derritió ante ese gesto. Traté de hablar, mas no salieron si no sonidos carentes de sentido. Alguien adentro de mí pasó corriente a mi batería. Le devolví las llaves.

—Lo siento. No soy el conserje, *miss*.

Me di cuenta de que fue ruda la contestación. Traté de arreglarlo arrebatándole las llaves de nuevo:

—Pero si lo deseas, estaciono el auto…

—Primero, no eres trabajador del hotel, luego sí lo eres. Creo que tienes problemas de identidad, dulzura —dijo coqueta. Consideró divertido el incidente, y como una gatita jugando con una bola de hilo de lana, se me acercó para darme un beso en la mejilla—. Cuando decidas qué eres, me buscas.

Se fue caminando a la fiesta entre la cascada de luces de los reporteros, como si hubieran soltado los fuegos artificiales para su llegada. Me quedé paladeándola. Yo me había enamorado de esa pelirroja desde su primera aparición en *Un beso para Birdie*. La seguí en cine, televisión y revistas. En casa tenía un sencillo de ella: *Heartbreak hotel*. Lo ponía cada vez que me acordaba de mi antigua novia. Ann Margret era siempre bella. Aun en su versión de dibujo animado en la serie de *Los Picapiedra*.

—No pierdes el tiempo, ¿eh? Te dejo solo un segundo y ya estás queriendo salir con la novia de Elvis —me dijo Johnny, divertido.

Eché mi parálisis a la basura y le pasé las llaves del Thunderbird a un recepcionista, tras indicarle que tuviera cuidado.

—No es novia de Elvis. Son solo buenos amigos —respondí a Johnny mientras nos introducíamos en el hotel.

El gigantesco actor me abrazó cariñosamente, apretujándome como si yo fuera un tubo de pasta dental.

—Si tú lo dices, *kid*…

—Lo dice la revista *Teen Tops*… —le aclaré en tono tan bajo que no me escuchó. Era vergonzoso explicar que un adulto como yo leyera un magazín para quinceañeras.

Seguí al campeón olímpico hacia el *lobby* del hotel. Era un espacio abierto donde habían dispuesto cómodas salas de cuero color rojo entre las rocas que salían del piso de concreto y plantas tropicales. Un grupo musical con tres bellezas de grandes peinados crepé cantaba los últimos éxitos de la radio. A ese espacio habían decidido llamarle bar Dalí. Era el lugar más popular de Acapulco, y sede de la fiesta de inauguración del Festival de Cine.

—Buenas noches, señor Weissmuller. ¿La mesa de siempre? —nos recibió en español un mesero.

—¡Mi querido Pancho! ¡La mesa de siempre! Tráeme una de esas botellas maravillosas que me ofreciste —exclamó Johnny caminando entre la gente que se apartaba al ver al corpulento hombre mono.

—Ya sabe que esta es una fiesta privada, pero mi jefe me pregunta: ¿cuándo podrá venir a liquidar su cuenta? —preguntó con amabilidad el mesero.

—*No problemo* —respondió Johnny en su español de desecho, introduciendo un billete de diez dólares en el bolsillo del mesero. Tuvo que inclinarse debido a su altura.

En un abrir y cerrar de ojos, apareció un batallón de servidores vestidos igual que él. Dejaron hielo, bebidas, botana y una sonrisa estúpida.

—Impresionante —me limité a decir.

—El día que no me pidan autógrafos ni me inviten a fiestas, me retiraré —murmuró sirviéndose un escocés cargado. No lo igualé. Era una bebida muy seria para esa noche. Opté por un clásico, un old-fashioned.

—Johnny, me han dicho que te volveremos a ver en letras grandes en las marquesinas —le dijo un individuo que se plantó frente a nosotros. Poseía la mitad de la altura de Tarzán y un cuarto de su presencia. Llevaba de fachada una sonrisa de mazorca blanca, con remate de copete rubio tan pulcramente arreglado que deseabas despeinarlo a puñetazos.

—Apúntalo, Mike. No será en cine, sino en una nueva serie para ABC. Es un hecho que comenzaré a filmar a fin de mes. Quiero que lo pongas en tu columna en el *Acapulco* y que te encargues de que salga mi nombre tres veces —le indicó Weissmuller.

El insoportable arregladito se sentó junto a nosotros extendiendo su mano frente a mí.

—¿Y este joven es tu nuevo productor?...

—Sunny, te presento a Mike Oliver. Periodista del *Acapulco News* y del *Los Angeles Times*.

—Soy seguridad privada para el señor Weissmuller por parte de Producción —me presenté.

Cuando oyó mi puesto, retiró de inmediato su mano. La mía quedó al aire cual suicida en medio de su caída desde un edificio. Había dejado de existir para él. Continuó hablando con Johnny sobre la posibilidad de jugar tenis al siguiente día. Al ver que había pasado a formar parte del mobiliario, decidí irme a la barra por un nuevo cóctel.

—Otro —pedí al mesero que nos había recibido. Aprecié el no ser discriminado, como había hecho el engreído reportero de peinado perfecto—. Quizá te suene como un entrometido, ¿es mucho lo que les debe Johnny?

—Cinco mil dólares —respondió con la misma tranquilidad con la que hubiera dicho tres pesos.

Casi me atraganto con el hielo de la bebida.

—Pero ¿hay alguien que puede beberse cinco mil dólares? —solté admirado.

—Desde luego, señor: Johnny Weissmuller.

XI

Dirty Martini

6 medidas de gin
1 toque de vermut blanco seco
1 medida de salmuera de aceitunas en conserva
2 aceitunas cocteleras

Se enfría una copa martini cóctel con hielo y agua, se colocan las bebidas en un vaso mezclador con hielo y se agita; al servirlo en la copa se cuelan los hielos en la copa martini. Se colocan las aceitunas en un palillo.

El martini es desde hace ciento treinta años el centro de la cultura de la mixología o el arte de mezclar los licores. Bebida célebre en todo el mundo, e imagen de sofisticación y placer. El martini ha sobrepasado modas, prohibiciones, estilos y marcas. A su receta clásica se le ha hecho un sinnúmero de variaciones. Una, que estuvo de moda a finales de la década de los cincuenta, fue el dirty martini, al que se le agregaba el líquido de las aceitunas en conserva, para otorgarle así un sabor especial y reafirmar el concepto de seco. Este también cambia de acuerdo al tipo de conserva: pueden ser desde aceitunas rellenas de pimiento, salmón, pepinillos o anchoas. Cada una ofrece una faceta distinta de sabor. Como lo es oír de nuevo Be my baby, *con* The Ronettes.

La fiesta de apertura del Festival de Cine de Acapulco resultó ser una reunión familiar, de esas donde nuestro tío preferido se emborracha, el primo rompía el florero y todo terminaba en pelea de papá con mamá. Toda una dulzura. Lo primero que me hizo sentir como en familia fue la variopinta colección de invitados. Algunas caras famosas con casas en Acapulco, que seguramente compartían jardineros y amantes. Otro tanto de políticos mexicanos, que no comparten nada. Periodistas de varios sabores y colores. Y por último, los comunes, que se dedican a vivir entre fiesta y fiesta, sin más.

Quizá la más extraña era una mujer de edad, con su gran túnica transparente como vestido, que, cuando pasaba detrás de una lámpara, nos ofrecía su cuerpo desnudo. Era una imagen que casi seguro algunos trataron de olvidar con tequila. Estaba encurtida por el sol, con arrugas color caramelo. Se empeñaba en convencernos de que el pelo crepé tamaño Empire State, los labios magenta y la aniquilación de las cejas era lo que estaba en boga. Era el tipo de mujer que se ve con un kilometraje bien corrido. Abrazaba amorosamente a Johnny cuando hablaba y derramaba su copa de champaña. A su lado, solo a dos pasos de esta, esperaba un hombre con cara de buitre sobrealimentado. Traía una camisa ajustada, que hacía milagros por sostener sus botones. Johnny y este se miraban con recelo, sin decirse nada.

Al preguntar al mesero quién era, solo contestó:

—Ella es Margaret Sames, la que inventó el margarita. Es una *socialité* tan añeja que la van a envasar como tequila. El otro es Bö Roos, el agente financiero del señor Johnny.

—¿El que lo estafó?

—Bueno, aquí se corre otra versión. Bö dice que desde hace diez años advirtió a Johnny que iba a bancarrota. No le hizo caso.

Con tan contundente respuesta, supuse que era parte de esa familia. La tía adorable y el tío pillo. Nadie los quiere, pero los aceptas en Navidad y por los cumpleaños.

Luego se unió al grupo un hombre tan bien arreglado que parecía ser la figura de un pastel de bodas. Vestía guayabera de lino, pantalón café y sandalias blancas. Su pelo escaso era tan perfecto que lo podrían mostrar en un museo como arte. Su piel color dorado no cantaba mal tampoco. Era el tipo con modales que los millonarios mexicanos ofrecen. No había duda de que era un Big

Kahuna en la política. Con licenciatura en el extranjero y puesto en el partido oficial. Un cliché andante. Todos le brindaban pleitesía como si se tratara de la reencarnación del rey Tutankamón. Repartió besos, abrazos y chistes malos, a fin de salir en búsqueda de alguna novia para adornar el pastel.

Pasaron unas cuantas celebridades, como Merle Oberon, Jean Gavin y Cantinflas, al que había conocido tiempo atrás, pero no me saludó. Johnny Weissmuller se la pasó saltando de mesa en mesa cual conejo. Aunque tenía más de mago, pues hacía desaparecer tres tragos en cada una.

Entre todas las personalidades, apareció frente a mí Ojos Aguamarina. No había duda. Mismo porte, mismas curvas. Incluso hasta se había traído ese par de hermosas piernas. Era muy considerada al pensar en mí. Me ofrecía un vestido amplio con tirantes, color primavera. Era del tipo que hacen ver inmaculada a Doris Day. En ella se veía más que «virginal».

—Señor Weissmuller, esperé tu llamado pero nunca lo recibí. He tratado de comunicarme con Bö aquí en Acapulco, mas no devuelve las llamadas —le dijo con un ligero tono de quinceañera plantada en la lluvia por el novio. Su acento yanqui era impecable, pero logré paladear un ligero sabor a español.

Johnny se levantó de golpe para besarle la mano. Era tan largo que tardó una misa en levantarse. Le sacaba todo un cuerpo. Tarzán le otorgó una versión mejorada de su sonrisa especial. Ojos Aguamarina le devolvió el gesto y se sentó a su lado. En ningún momento posó sus ojos en mí.

—¡Ludwika Valdés, es una pena que no pudiéramos hablar! He dejado de tener contacto con mi agente, el señor Roos.

—¡Está aquí, en la fiesta! Podría pasarle un recado.

—No entiendes…, lo he demandado por fraude. Me robó todo mi dinero —explicó Johnny con una calma aterradora, como de obispo anunciando la llegada del demonio en plena Edad Media.

La cara de Ojos Aguamarina cambió. Ya no fue la dulce mujer que reprochaba al novio. Tenía ese gesto tan único de las mujeres de «¡Oh, lo siento mucho!». Esta expresión siempre va junto con los ojos bien abiertos y la cabeza torcida ligeramente. Bambi en toda su expresión.

—Ya veo —murmuró para sí mordiéndose el labio inferior,

pensativa. De nuevo apareció la quinceañera en ella. Sus pecas del rostro se iluminaron como luciérnagas—. Creo que nuestro trato no se llevará a cabo, ¿no es así?

—Me temo que no —respondió Johnny.

Se veía tan apenado que estuve a un salto de pasarle un pañuelo y prestarle mi hombro para que llorara en él. Ojos Aguamarina continuaba pensativa. Su mirada se perdió un instante. Después de dos notas del grupo musical, se levantó como un vendaval.

—No te preocupes, Johnny. Estoy segura de que volveremos a hablar cuando las cosas mejoren.

Johnny otorgó un gesto de inocencia de niño que perdió el caramelo. Ella lo cobijó con un abrazo, dejándole su sonrisa virginal y un aroma a rosas. Se alejó con el porte de una esposa de Enrique VIII rumbo al patíbulo donde le cortarían la cabeza. En la barra pidió un dirty martini al camarero. No despegó los ojos de este, le dio indicaciones precisas de las cantidades. Lo bebió en solitario. Mis ojos la paladeaban.

—¿La Warner ha logrado colocar su cuota de mujeres bellas como ejecutivas? —le pregunté poniéndome a su lado.

Volteó a verme sin decir nada. Tomó la copa del martini y se lo llevó a los labios. Estoy seguro de que la aceituna tembló excitada al sentir el roce de estos. Yo también lo hubiera hecho.

—Piérdete, no estoy de humor. —Me sacó del juego como réferi cantando tercer *strike*.

—Hoy por la mañana te hice reír —intenté de nuevo. Ella no hizo la menor intención de voltear a verme y regalarme el paraíso de Ojos Aguamarina. Su vista se clavó en las botellas del bar. Continué mi charada—: ¿No me recuerdas? Fui el malabarista que hizo todo un espectáculo en el aeropuerto.

Sus ojos aguamarina fueron girando lentamente, tratando de recordar. Al hacerlo, lo hizo levantando la nariz de manera coqueta y me salpicó con sus pecas. Se volvió a morder el labio.

—¿El que se peleó con el cubano? Pensé que te iban a matar.

—Bueno, siempre existe la opción de huir —expliqué. Sus pecas me acariciaban. Pedí otro margarita para que se disolvieran con el alcohol como un vendaval—. Tendrás que disculparte. Ese día te burlaste de mí. Oí tu risa con claridad.

—¿Yo?... Tú fuiste el que diste el *show*.

—Pero lo hice por estar viendo tus ojos aguamarina. Son un peligro para cualquier peatón. Deberían infraccionarte. —Supe que sonó infantil. Era solo un grado más inteligente que un crío de seis meses tratando de levantar en un bar. Increíblemente, funcionó.

—Tendrás que hablar con mi abogado —respondió divertida.

—Entonces escríbeme tu teléfono para contactarte —dije acercándome a ella con el pecho de frente y mi ceja levantada simiescamente. Darwin tenía razón: al final somos simios desnudos. Pero no golpeé mi pecho para impresionarla. Eso hubiera sido demasiado obvio, Darwin no lo merecía.

—Pídeselo a Johnny. Trabajas para él —me soltó mientras se alejaba perdiéndose entre los asistentes de la fiesta. Atrás de ella, las pecas me guiñaban el ojo y el aroma de su perfume me drogaba.

Mi sonrisa quedó congelada un rato. No más largo que un partido de béisbol, no más corto que una ópera.

Y entonces, apareció lo que destruye cualquier felicidad: la policía.

—Síganos, señor —me dijeron en un susurro que se metió a mi oreja cual veneno de serpiente.

Eran tres. Un par a cada lado. Venían en tamaño extra-grande, con empaque de camisa sudorosa y saco abultado por la pistola. El último, quien parecía el jefe, con guayabera y sombrero tejano, era el siguiente eslabón en la evolución de la foca: negro, grasoso y gordo.

—Policía judicial.

XII

Red Hair

1 medida de vodka curado en pimienta
½ medida de jugo de lima
1 toque de granadina

Revuelva los ingredientes en un mezclador con hielo, sírvalo en un copa de cóctel abierta, adórnelo con una cereza y Ann Margret cantando *Thirteen men*.

No hay duda de que hoy el vodka se ha convertido en el licor más bebido en cócteles. Quizá por su pureza o su débil sabor fácil de combinar, ha logrado posesionarse en los bares del mundo. Bebida de origen polaco, donde el aguardiente pasa por de cuatro a seis destilaciones para alcanzar la pureza. Hoy se le ha agregado un sabor extra con infusión de sabores como pimienta, cítricos o berrys. *Esto sirve para lograr una mejor combinación en los cócteles. El red hair es uno de ellos. De naturaleza muy seca y sabor fuerte, es una copa para personas que sepan degustar el beso traicionero de una pelirroja.*

Yo me preguntaba: si voy a recibir una paliza, ¿prefiero los golpes en la cara o en el estómago? Desde luego no hay respuesta. Uno recibe la paliza, te sirven una copa y te despiden. Simples reglas del buen ciudadano del bajo mundo.

Claro está, a menos que seas un matón muy educado. Eso cambia todo. Pues uno no puede odiar tanto a un hombre educado. Hay que mantenerlos con vida. Escasean en estos tiempos. Así que no deseaba matarlo, aunque debería, ya que, después de hacerme la pregunta, no se esperó a que respondiera. Los dos matones tamaño extra-grande se me lanzaron como si fuera saco de gimnasio. Les preocupó muy poco si los puños iban a la cara o al estómago.

Terminé en la arena, con algo líquido y tibio saliendo de mi boca. Esperaba que solo fuese sangre. Me dolía todo. Y lo demás también.

—Siempre pregunto… —me explicó Cara de Foca, el del sombrero tejano, inclinándose hacia mí—. Es una mala maña que tenemos para los periodistas. Si queremos que no se note, es en el cuerpo. Si queremos que se note, en la cara. Pero como se me olvidó que contigo no importaba, retiro la pregunta.

Me gustó que lo hubiera explicado. Veía que no era tan educado y que podía desear su muerte. Escupí sangre y saliva.

—Yo siempre prefiero presentarme de esta manera. Es para evitar malos entendidos. He aprendido que si les dices: «te vamos a golpear si haces una tontería», hacen la tontería. Mejor primero golpearlos. Para saber a qué se enfrentan —expuso Cara de Foca.

—¿Y por qué yo? —logré balbucear.

—Porque no nos gustan los de fuera. Porque no me gustan los metiches. Porque quiero, puedo y debo —reveló. Era toda una monada de persona: explicativo, humano y carismático.

Me levanté con dificultad. Uno de los matones me ayudó. Noté que Cara de Foca era apenas un palmo más alto que yo, solo que la panza y el sombrero lo hacían verse como una hectárea más grande.

—Recibido el mensaje. ¿Alguna otra cosa?

—No hagas pendejadas.

—Solo cuando estoy borracho y en mis días de asueto.

—Que no sean esos días mientras estás en el puerto. Mira, compadre, no es nada personal, pero aquí recibimos todo tipo de buscabullas como tú y nos las arreglamos. Es un lugar grande para todos. Solo que hay que jugar con las reglas locales —comentó Cara de Foca mientras sacaba un cigarro de detrás de la oreja y lo colocaba entre sus labios. Luego, con la gracia de león marino amaestrado, lo prendió con una cerilla. No recibió ningún pez por su faena.

—Si deseaban que conociera las reglas, podían haberme dado un instructivo. Es más sano y un poco más civilizado —respondí buscando si había perdido un diente. Tenía suerte: ninguno.

—Ese es tu problema, compadre. Las personas creen que Acapulco es civilizado. No es verdad. Aquí somos gente de costa, gente violenta.

—Ese punto lo entendí al tercer golpe.

—Hay un recado también: paga el dinero. Johnny debe cien mil grandes. Si aparece el dinero, se acaban las visitas a la playa. Hoy será contigo, mañana puede ser con Johnny. Y eso no les va a gustar a tus jefes.

Volteé hacia donde las luces y la música seguían la fiesta. Se perdían ligeramente entre la bruma nocturna. Mis nuevos amigos se habían encargado de llevarme lo más apartado del hotel para darme el baile. Eran muy considerados: no deseaban echar a perder la diversión de los invitados.

—Recado recibido. Insisto en que con una nota hubiera sido suficiente. En Los Ángeles sí somos civilizados. —Sonreí enseñando un poco de sangre.

Cara de Foca dio una larga chupada a su cigarro hasta volverlo todo cenizas. Y lo aventó con los dedos.

—Denle otro recordatorio más… —ordenó dándose la vuelta.

Antes de que Extra-Grande 1 golpeara, pero un poco después de que Extra-Grande 2 ya lo hubiera hecho, una voz en la oscuridad dijo en inglés:

—¿Quién está ahí? Oí que pedían auxilio… —Reconocí la voz. Era la misma que cantaba *Thirteen men* y salía con Pedro Picapiedra.

Cara de Foca hizo una señal y se llevó a los dos Extra-Grandes con él.

Yo me quedé de rodillas, escupiendo más sangre en la arena. Logré diseños dignos de un cuadro moderno. Mi salvadora llegó a mi lado, con las manos tapando su boca. Supuse que no era común en su vida encontrarse con tipos como yo, que expulsaran sus intestinos. Aun en Hollywood, eso no era de todos los días.

—¿Se encuentra bien? —inquirió suavemente. Temía que le contestara que no y comenzara el numerito más que trillado de llamar una ambulancia.

—Solo cuando no me duele… En lo demás, estoy perfecto —mentí.

Ann Margret me miró con su mitad de cara descubierta de pelo. Me ayudó a levantarme y me llevó a una tumbona del hotel.

—Creo que te ves mejor. Veo que sigues con problemas de personalidad: ahora te confundieron con boxeador —comentó tratando de limpiarme la arena del pelo y la cara.

El sabor metálico de mi sangre me supo a gloria. Todo me hubiera sabido igual junto a esa pelirroja.

—Ten por seguro que tampoco lo soy —murmuré con un guiño. Ante la luz del hotel, pude ver que sus dos hermosos ojos estaban hinchados y vidriosos. No era un experto en medicina, pero podría apostar cien grandes a que nuestra bomba pelirroja había estado llorando—. ¿Y tú? Veo que alguien también te golpeó, aunque no físicamente.

—Estoy bien. No es nada —respondió limpiándose las lágrimas—. Solo deseaba estar sola, y por eso salí a pasear a la playa. Afortunado que lo haya hecho. Creo que te salvé la vida.

—Más afortunado debe ser el que es dueño de tu corazón, aunque no sé si lo merezca si te hace llorar.

—Él se va a casar… Es complicado —terminó alisando su vestido.

—Siempre lo es.

Ambos nos quedamos mirando el vaivén de las olas del mar. Un par de cangrejos husmeaban a nuestro alrededor. No hubo palabras. Solo dos adultos recomponiéndose de sus golpes. Desconocía a cuál de los dos le dolía más.

—Es tarde y mañana tengo entrevistas —exclamó rompiendo el ensueño. Nos quedamos parados a solo un palmo de narices.

—Gracias.

—Recuerda, cuando sepas quién eres, avísame… Estoy en el Hilton —susurró como una gata. El pelo de nuevo cayó en su ojo y se encaminó por la playa hacia la fiesta. En su trayecto, volteó la cara. Estaba seguro de que era una invitación a seguirla.

Sin saber exactamente si fue porque soy un completo idiota o porque estaba atarantado por los golpes, no la seguí.

XIII

Tequila y sangrita
(estilo Jalisco)

Tequila reposado de Jalisco
2 chiles anchos
Cebolla
2 tazas de jugo de naranja
½ taza de jugo de limón verde

Se han de poner los chiles anchos asados, desvenados y sin semillas a hervir por unos minutos, y luego dejarlos reposar. Agréguese dos cucharadas de cebolla finamente picada, dos tazas de jugo de naranja y media taza de jugo de limón verde. Se pone el chile ancho junto con la cebolla y los jugos en la licuadora, se muele todo muy bien y se le agrega sal. Se le puede añadir más jugo de naranja, limón o tomate. Se toma el tequila acompañado con esta mezcla.

La sangrita es la popular acompañante del tequila, y uno de sus orígenes fue en Chapala, Jalisco, hace cerca de sesenta años, donde Edmundo Sánchez era propietario de un restaurante junto con su esposa, y servía un tequila que él mismo preparaba a la usanza de los pequeños hornos de piedra. Como el alcohol era de preparación artesanal, tenía un sabor fuerte y tufoso, por lo que su esposa solía poner una mezcla de frescas naranjas, sal y chile rojo en polvo, para acompañar el tequila. Fueron tales el éxito y la aceptación de este concepto que, visionariamente, el señor Sánchez pidió a su esposa que, en lugar de poner las rebanadas de naranja en un plato, mejor les exprimiera el jugo en una jarra y les agregara la sal y el chile. Así la bebida adquirió un apetecible color rojizo, que más tarde le valió el título de «sangrita».

Dicha idea provenía de una forma de beber el mezcal tequila barato de los trabajadores de la zona; hoy en día se volvió popular y casi necesario de servir cuando uno consume un tequila escuchando a Agustín Lara, que recuerda Acapulco con su María bonita.

Regresé al hotel Los Flamingos en un taxi. Era un viejo Packard al que le habían colocado sarapes de saltillo en los asientos y un perro de felpa en el tablero. Para aderezarme la noche, el chófer cantó a capela una selección de canciones rancheras. Me aseguró que eran parte de la tarifa del viaje.

El hotel estaba en penumbras. En el mostrador de la recepción, el encargado dormía a pierna suelta. No quise despertarlo y seguí hasta mi cuarto. Un fuerte aroma de mar se mezclaba armoniosamente con el de las buganvilias. La luna había desaparecido del cielo. Imaginé que tal vez había tenido suerte esa noche y dormitaba ya con una de las estrellas. Di un gran respiro y entré a mi habitación. Antes de que mi mano alcanzara el apagador, escuché una voz:

—No lo hagas…

Lo dijo de manera tan contundente que no encendí la lámpara. En realidad me intrigó que una voz en la oscuridad me hablara. Aún más que dicha voz se encontrara en mi cuarto. Por lo general, las voces van acompañadas por una persona. Y si te esperan a oscuras, no son buenas personas.

—Me han golpeado, humillado y he dejado a una bella mujer sola en su cuarto. Si vas a dispararme, hazlo ahora.

La voz no respondió, pero logré oír una respiración pesada en el fondo de la habitación. Era parecido al sonido de una vieja tetera a punto de explotar.

—¿Tú eres de Los Ángeles? ¿Llegaste en el avión de la tarde y vienes a arreglar lo del dinero?

Me limité simplemente a responder:

—Sí.

—Entonces debo matarte.

No me gustó la contestación. No solo lo que dijo, sino cómo lo dijo.

—Sé que necesitan el dinero. Solo pido tiempo para que hagamos el primer tiro. Los jefes entonces nos apoyarán.

—Te equivocas, gringo. Los jefes nunca nos apoyan. Hablan mucho, pero cuando las cosas se van al retrete, entonces se esconden.

Lentamente mi mano se fue deslizando a la pared. Mi dedo bajó la perilla y la luz apareció. Entrecerré los ojos como si fuera Drácula ante un atardecer. Cuando lograron acondicionarse al nuevo ambiente, mi mirada husmeó el cuarto como sabueso: frente a mí estaba un hombre entre los treinta y los cincuenta. Chaqueta gris, sin corbata, mas no implicaba que en algún momento del día la hubiera llevado consigo. Grueso. Solo un poco menos que un barril de cerveza. Un espeso bigote de escobeta debajo de su nariz me escupía a la vista de manera chocante. Lo más peculiar era la M1911 calibre 32 que apuntaba en perfecta sincronización con un par de ojos negros.

—Si me mata, será malo para mi salud. No creo que le guste a mi doctor. Le debo las dos últimas consultas —le dije. Comencé a conocerlo mejor. Al no sonreírme, sospeché que no poseía buen humor. Era al menos una pista para averiguar su identidad. Su cara era la misma que hubiera tenido cualquier desconocido. Incluso, hubiera ganado el premio al mejor desconocido—. Baje esa arma y platiquemos con un buen tequila.

Mi propuesta no era original. La usé porque dicen que un tequila arregla todo: desde una gripa hasta una pelea. El hombre no bajó su arma. Su pecho se inflaba una y otra vez como un pez fuera del agua. Su respirar de tetera se había convertido en tractor. Estaba seguro de que los ojos apuntándome eran más aterradores que la 32.

Me quedé ahí esperando para ver si aceptaba mi invitación. Pasaron varios minutos. La pistola seguía levantada, pero el pecho había dejado de inflarse. Mi invitado había ido a tocar las puertas de san Pedro. El que Bigote Chocante estirara la pata frente a mí no me importó. Era mejor a que sí hubiese jalado del gatillo. En verdad mi doctor se hubiese enojado mucho.

Con mucho cuidado me acerqué a Bigote Chocante. Sin encontrar resistencia, le arrebaté su pistola. Lo examiné un largo rato, pero mi memoria me seguía diciendo que era el campeón al Señor Desconocido. Decidí revisarlo. Llevaba una cartera vacía, unas esposas de metal, un pasaporte guatemalteco, uno hondureño, otro estadounidense y un hoyo del tamaño de la tubería de desagüe en la espalda. Supuse que lo que lo había matado era lo último. La nacionalidad estadounidense aún no es mortal.

A su lado, en la cama, había un maletín de cuero. Era del tipo que usan los contables y la gente de corbata. Lo abrí. Al ver el interior, se me escapó:

—¡Puta madre!

El portafolio estaba relleno de fajos de billetes de cien dólares. No era mucho dinero, era más que bastante. La traducción al mexicano era: «un chingo de dinero».

Muchas cosas vinieron a mi cabeza. Traté de sopesarlas todas: tenía un muerto en mi cama; un portafolio dispuesto a comprar la mitad de Texas; una automática lista a mandarme de vacaciones al otro mundo por una eternidad; y el difunto sabía que había volado desde Los Ángeles y que Johnny debía dinero.

Opté por una decisión sencilla: lo hice a un lado, escondí el maletín y me tumbé a dormir.

Muchos golpes y margaritas me cobraban la factura.

XIV

Mexican Coffee

1 medida de tequila Gold
1 medida de Kahlúa
4 medidas de café, preferentemente mexicano
½ medida de crema de leche

Vierta el café caliente en un vaso y revolverlo con azúcar al gusto. Añada sin dejar de mezclar el tequila y el Kahlúa. Agregue con cuchara la crema previamente batida para formar una corona en la superficie.

El mexican coffee es una variante del café irlandés, que al igual que muchas otras recetas relacionadas con países exóticos, como la hamburguesa, el chop suey *o el mismo margarita, es un invento cien por cien norteamericano. Fue creado en la taberna Buena Vista en San Francisco por Jack Koeppler, quien se basó en una receta creada en Irlanda para los viajeros de los hidroplanos que descendían a un invierno celta. La bebida fue transformada con productos mexicanos, en especial la inclusión del licor de café, o Kahlúa, que se popularizó tanto en la década de los sesenta como el* Speddy González *del cantante Pat Boone. También se le cambió el escocés por un tequila madurado que tonaliza el calor de la bebida.*

Mi primera necesidad fue ir al baño. Después de llenar como tres tazas del escusado con mi orina, decidí que necesitaba café. Para evitar que el mesero creyera que sentía placer por acostarme con muertos, decidí tomarlo en el restaurante. En la barra me bebí el mismo equivalente de líquido que había expulsado, para compensarlo. Regresé a la habitación. Comprobé que no estaba en una pesadilla: había un muerto en el cuarto y un maletín de dólares más gordo que Jackie Gleason a mi lado. Por último, decidí usar el teléfono.

—¿Scott?

—¿Eres tú, Sunny? ¡Maldita sea! ¡Son las seis de la mañana!

—Aquí ya es hora del desayuno.

—Por favor, dime que no estás en problemas…

—Estoy en problemas.

Hubo un silencio larguísimo. Tan bello que deseaba guardarlo y vendérselo a una película muda.

—¿Quieres la buena, la mala o la regular? —pregunté. Deseaba darle opciones.

—Dame la regular. Así sabré si deseo escuchar las otras.

—Johnny debe más de cien mil grandes a un policía local. Me marcó cada cero de la cantidad con un puño.

—¿No lo golpearon a él? Eso sería muy malo para la película.

—Él está bien; ni siquiera se ha enterado —repuse adolorido porque mi amigo no se preocupara por mí y porque Cara de Foca tuviera razón: a mis jefes no les gustaría un Tarzán desfigurado.

—Conseguiré el dinero. Dame un día…

—Hay un muerto a mi lado. ¿Llamo a la policía?

—¡¿Qué?! … ¿Esa es la buena noticia o la mala?

—Tú decídelo. El tipo es un completo desconocido. Pensé que era de los estudios, pero parece fauna local. Me temo que Johnny está metido en algo turbio.

—Entonces límpialo, tú sabes hacerlo, Sunny. Ya ves lo que le sucedió al pobre de Sal Mineo por no contratarte. Si alguien puede ayudarlo, eres tú.

—Claro, todo el mundo ama a Sunny. No te tardes, me da miedo dormir solo.

—¿Cuál es la buena noticia? —preguntó.

No respondí. Le colgué el teléfono. Solo era para tantear si el maletín lo había mandado él.

Luego llamé a Charandas. Le platiqué la versión condensada de mi noche anterior. Suprimí la parte de Ann Margret y la del portafolio. Siempre me quedo con las mejores partes para mí solo. Aceptó ayudarme a deshacerme del cuerpo. Era fácil de convencer si le decía que podía ser policía mexicano. Nadie quiere a la Policía mexicana. Ni siquiera en dosis homeopáticas. Elaboró un plan: lo sacaríamos del cuarto como ropa sucia, lo votaríamos en la carretera y dejaríamos que los carroñeros o la policía hicieran su trabajo. Al final, ambos son de la misma calaña.

Para evitar tentaciones, me coloqué las esposas a mí y al maletín. No quería desprenderme fácilmente de mi nuevo compañero. Deseaba conocerlo más a fondo. Estaba empezando a encariñarme con él.

Cuando Charandas llegó, yo ya estaba tomando otro café con veneno para asentar las ideas que se movieron la noche anterior. Lo primero que hizo fue mirarme detrás de sus espejuelos del grueso de fondo de botella y preguntar:

—¿Qué haces con un portafolio en la mano?

—Son papeles de la filmación. Me pidieron que los cuidara.

—¿Y son tan importantes que necesitan ir con esposas a tu mano?

—Es que va el contrato de Elizabeth Taylor ahí.

Se quedó pensativo un tiempo. La Taylor es como enseñar una placa de policía en todo el mundo. Hasta aprueban que cuides su contrato. Bueno, en casi todo el mundo. Creo que Israel seguía molesto porque dejó de ser judía al divorciarse de David Fischer. Pero ellos están molestos con todo el mundo.

Charandas abrió las cortinas para que entrara el sol. Este hizo que la sangre coagulada de Míster Desconocido se viera un poco más natural. Como si en verdad estuviera muerto. Charandas se rascó la cabeza y lo miró. Luego, rebuscó entre su pantalón de mezclilla. Encontró una caja con tabletas de goma de mascar y la vació en su boca sin ofrecerme.

—Parece muerto.

—Ya sabía yo que en la universidad te vuelven genio, tienes razón.

—¿Le tomaste el pulso?

—Eso se hace si estás vivo. El tipo tiene un boquete del tamaño de Texas.

89

Charandas continuó masticando ruidosamente. Alzó los hombros y, con la ligereza que solo los gordos logran, jaló del cuerpo para envolverlo en una sábana. Se volteó hacia mí y, con cara de preocupación, preguntó:

—¿El estudio te paga las comidas del hotel?

—Supongo… —respondí sorprendido.

Charandas tomó el cuerpo, lo montó en su hombro y, como si se tratara simplemente de un costal de naranjas, lo sacó del cuarto hasta su automóvil. Aunque parezca imposible, no había nadie observando. Si lo hubiéramos puesto en un guion de película, lo habrían desechado por inverosímil.

—Bien, invítame a desayunar —interpuso cerrando la capota de su Volkswagen y dejando adentro a nuestro efímero compañero nocturno.

—¿Y el cuerpo?

—No se irá a ningún lado. Vamos, siempre sirven un bufé de miedo en estos lugares.

Debía aceptar que tenía razón: siempre sirven un gran bufé en los hoteles. También tenía razón en lo del cuerpo. Si no salió caminando anoche, no lo haría de día. A los zombis, por una extraña razón, les gustan las sombras nocturnas. Así que seguimos el instinto del intestino: nos fuimos a desayunar.

Nos servimos cada uno un plato con suficiente comida para alimentar a todo el ejército aliado de Normandía. Hasta hubieran sobrado un par de salchichas y unas lonjas de jamón para los nazis. Por menos de diez minutos simplemente nos dedicamos a engullir eso. Hasta que llegó un invitado a nuestra mesa. Y para mi asombro, no era Johnny. Él seguía borracho dormitando en su cuarto.

—Buenos días. Veo que hoy te ha dado el día libre. —Ojos Aguamarina, colocándose frente a mí, habló en un español digno de la Real Academia Española. Lucía una mascada y el pelo recogido para que sus pecas saltaran con libertad. Llevaba un zumo de naranja y un plato con raciones de frutas tan pequeñas como las que darían a un prisionero en Corea.

—¡Hola, Ludwika! —replicó Charandas mientras se quitaba su espantoso sombrero de cuero y se limpiaba la grasa con la manga de la camisa.

Ojos Aguamarina le sonrió cortésmente. Hasta un poco excesivo. Lo abrazó y le plantó un beso en la frente. Odié a Charandas. Pero pensé que yo le ganaba: me había salvado el culo Ann Margret.

—No sabía que conocieras al ángel guardián de Johnny. Eso volverá más difícil su demanda contra mí —me dijo ofreciéndome la mano.

Yo la tomé con la que tenía libre. La otra estaba con el portafolio descansando en mis rodillas. Ojos Aguamarina esta vez nos modelaba un entallado conjunto blanco y azul, con aires de marinero.

—¿Sunny?… No sabía que ya se conocieran. La señorita Ludwika Valdés, él es un viejo amigo. Ten cuidado con él, es como los gatos: araña si lo dejas de acariciar —me presentó Charandas con dos blanquillos y tres salchichas en la boca—. Estaba a punto de platicarle a Sunny sobre tu labor social en Acapulco. Las maravillas que estás haciendo en los barrios pobres. A veces el dinero de los capitalistas ayuda, aunque solo lo donan por culpa.

—¿Servicio social? —pregunté tontamente.

—Ludwika Valdés es la representante de la fundación Rockefeller en México. Hace labor conjunta con el DIF y otras instituciones. Ella se dedica a conseguir las donaciones de las estrellas que decidieron que Acapulco sería su nido de amor, para repartirlas a distintas fundaciones sociales.

Bella, bebía martinis y era una completa luchadora social.

—Su trabajo no evitará que tenga que pedirme disculpas —repuse coqueto.

—Lo siento… —respondió, dejando espacio entre cada sílaba. Espacio suficiente como para estacionar un tráiler. Se incorporó y me plantó un beso en la mejilla. Todo dolor desapareció de mí. Regresó a su lugar y bebió un poco de su zumo mientras yo terminaba de tener mi orgasmo—. ¿Estamos a mano ahora?

—No lo sé. Tendré que pensarlo.

—No te tardes mucho. Puedo arrepentirme —soltó mientras devoraba su fruta en tres bocados—. Perdón por ser ruda anoche. Estaba desilusionada porque el cheque prometido por Johnny no llegaría para el orfanato.

—Veo que Weissmuller es todo un santo.

—Eso y más. Aquí en Acapulco lo adoran. Ha apoyado por años varias fundaciones. Deberías llevarlo un día a la oficina.

Apareció una tarjeta que dejó a mi lado. Despidiéndose de Charandas, me sonrió:

—Quizá nos veamos por aquí, me estoy quedando también en el hotel.

Las pecas me supieron a menta y bombones. Las paladeé por un momento, hasta que Charandas me arrastró al estacionamiento.

—Hora de irnos. Lo pondremos en los pantanos. Quizá los cocodrilos también deseen desayunar bufé —me explicó abriendo la puerta de su auto.

Era un plan para chuparse los dedos. Solo que había un detalle que no funcionaba: no había cuerpo.

—¿Y el cuerpo?

No respondí. Era más que obvio que nos lo habían robado. Agradecí que el portafolio siguiera a mi lado.

Fue una lástima para los cocodrilos ese día, pues se quedaron sin comer. Por más que preguntamos si alguien había visto algo, no había ni una pista del cadáver.

XV

Harvey Wallbanger

1 medida de vodka
1 medida de licor de Galliano
6 medidas de zumo de naranja

Mezcle el vodka y el zumo, sírvalo con hielos en un vaso alto dejando que el Galliano flote en la parte superior. Adorne al ritmo californiano de *Hangin' five*, de Dick Dale & The Deltones, con una rodaja de naranja y una cereza.

El harvey wallbanger, se dice, fue inventado por el tres veces campeón en el torneo de mixología Donato Duke Antone en 1952. Pero también se atribuyen su creación el bartender de The Office en California y Robert Plant en el Arlberg Chalet de Mammoth Lake. Todos en honor al famoso surfista con ese nombre, quien fue campeón internacional de tabla y que después de beberlo «golpeó las paredes de las olas». Fue explotado por los promotores de Galliano tratando de ofrecer un trago más fresco con el licor, a tal grado que llevaron toda la promoción de su marca a este trago. La bebida era poco conocida fuera de California, pero se convirtió en un clásico cuando fue ofrecido como cóctel de bienvenida en los vuelos de la TWA.

Sentía pena de mí mismo. Mucha pena.
Estoy tan acostumbrado a vivir sin un dólar que estaba se-

guro de que terminaría en San Francisco escribiendo poesía por nada, como el loco de mi amigo Allen Ginsberg. Él tampoco tenía dinero nunca, pero sí talento. Más de una vez llegaba a mi estudio en Venice Beach a cachar un par de tragos y un par de dólares. Por eso me gustaba. Por estar loco, ser *beatnik* y pobre. Pero yo ya no era pobre. Me lo decía mi *room mate* con una sonrisa de fajos de mil dólares. Y siempre siento pena por los ricos, pues estoy seguro de que no son felices. Estaba comprobando mi teoría: no era feliz, era inmensamente rico y sentía pena por mí.

Había otras múltiples razones para sentir pena por mí: porque había sido abandonado por las mujeres a las que amé, porque me habían extraído dos muelas con mucho dolor, porque no había hablado con mi padre durante cinco años, porque nunca iba a ganar un campeonato de surf y porque vivía con el eterno sentimiento de que el mundo estaba en mi contra. Pero eso era mi pena diaria.

La actual era más interesante: estaba siendo demolido por un tipo de dos metros de altura, con la complexión de King Kong, la sonrisa de Mickey Mouse y el alcohol de toda la destiladora de Bacardí en Puerto Rico. Algunos le llamaban señor Weissmuller; otros, Tarzán.

Y me estaba dando una revolcada digna de la mejor pena.

—¡Johnny! ¡Johnny! —oía su coro de «lamehuevos». Nadie gritaba por mí. No era justo. Deben sentir simpatía por los perdedores.

Para cuando llegué nadando al extremo de la alberca, Johnny Weissmuller me esperaba sentado, bebiendo un escocés en las rocas y riendo a pierna suelta. Mis pulmones rebotaban por todo el cuerpo en busca de aire. Desde el tobillo hasta mi nuca. Había mucha pena en mí. Tanta que no cabía en mi cuerpo.

—¡¿Cómo puedes decir que eres surfista si nadas como niña, *kid*?!… Debes mejorar tus brazadas. Apestan como pescado muerto del día anterior —gritó Johnny eufórico mientras me levantaba con una mano y me colocaba a su lado. Antes de poder recuperar todo mi aire por mi carrera a nado de cuatrocientos metros libres, me embutió un margarita en la boca.

—La siguiente vez iremos a montar olas… A ver si te sale lo de campeón de natación ahí —respondí molesto. Acababa de perder diez dólares en una apuesta. Por eso sentía pena: porque había apostado que podía ganarle a un campeón olímpico en cuatrocientos metros de nado.

—Si quieres. Recuerda que mi compañero de los Juegos Olímpicos fue Duke Kahanamoku, quien era buen surfista: le decían Big Kahuna. Él me enseñó —explicó mientras secaba su torneado cuerpo, que, aunque maduro, seguía impresionando a las chavalas que corrían en bikini a su alrededor. Johnny siempre era una sorpresa: Kahanamoku era el inventor del surf. Uno de mis ídolos.

—Lo ganaste bien. La siguiente vez será mía —advertí.

Charandas seguía riendo desde su cobertizo debajo de una palapa. Comía guacamole y tostadas mientras platicaba con Ojos Aguamarina. Mis pecas de colección me guiñaron el ojo coquetamente, en un símbolo de apoyo al perdedor. Yo hubiera corrido detrás de ella en ese momento, como perrito al que le ofrecen un hueso, pero seguía soñando con la cara cubierta por el pelo rojo de nuestra bomba sueca.

—Son las doce. Hora de pedir una botella… —dijo Johnny mientras firmaba un par de autógrafos a unos críos.

—¿Ya es legal empezar a tomar bebida fuerte? —pregunté alegre.

—Al menos en Rumania —respondió, y pidió un escocés reposado. Una botella—. El día que me dejen de pedir autógrafos o que me dejen de aplaudir, entonces me voy a retirar.

No dije nada. Su última película había sido hacía diez años atrás. Eso en Hollywood era como el Paleolítico tardío.

—¡Johnny! Me has hecho ganar cien de los grandes… —le dijo un pequeño hombre.

No solo era pequeño, sino de tamaño bolsillo. Llevaba gran cantidad de años encima, pero, por su tamaño, no le cabían. Vestía una ridícula playera rosa y pantalones cortos de explorador conseguidos en el departamento de niños. Las medias hasta las rodillas y zapatos tan pulcramente blancos que se antojaban quirúrgicos. Caminó con porte ridículo llevando una raqueta de tenis y un periódico doblado en el hombro.

—Juanito, Juanito… Eres un campeón —exclamó en español de gringo fastidioso. Continuó con un inglés grasiento, quizás extraído de las salchichas al lado del lago Hudson—. Veo que la vida comenzó a sonreírte ya. Todos hablan de tu nuevo trabajo. Mike Oliver lo escribió en su columna hoy.

Enseñó el periódico que llevaba doblado bajo el brazo, el *Los Angeles Times*.

—La vida comienza después de los cincuenta, Blummy —dijo Johnny.

Sirvió una copa y se la ofreció. Yo miraba desde mi tumbona. El enano catrín se sentó junto a mí. Besó en la mejilla a Ojos Aguamarina, saludó a Johnny de un abrazo y sacudió mi mano con firmeza. Hollywood era un negocio de besos y saludos. Ya lo había dicho Ava Gardner: el negocio más besuqueado del mundo.

—¿Cómo está la condesa Maria Bauman? —preguntó todo dientes. Seguramente conocía a la famosa novia de Johnny. Estaba seguro de que sonreía porque ella no estaba ahí. Había ganado el premio negativo de Señorita Popularidad en México.

—En casa, en Fort Lauderdale, arreglando cosas de su hija.

—Salúdala. Alguien me dijo que has pensado casarte.

—Tú sabes que no puedo estar solo —respondió sin darle importancia.

El enano dejó de sonreír. Le dio otra palmada a Johnny y se acercó a mi oído para decirme:

—Espero que hayas entendido el mensaje. Hoy, en el brinquito.

Después de haber soltado esas palabras, que sentí como un golpe en el estómago, dejó el periódico doblado a mi lado. En él, había escrita una dirección. Un brinquito era como le llamaban a las casas clandestinas de juego.

—¿Quién era ese? —pregunté a Johnny.

—Alfred Cleveland Blumenthal. Testaferro de Bugsy Malone en las Vegas. Ahora dirige el hotel Reforma en México. Un gran tipo.

—¡Es de la mafia, Johnny! —tuve que decirle en un murmullo—. ¡Le debes dinero a la mafia!

—Tú lo arreglarás, me lo prometió Cherris.

Me senté a un lado de mi amigo Charandas. Ahora degustaba un cóctel de camarón con mucha salsa roja. Esperaba que fuera cátsup.

—¿Qué es esto? —le pregunté enseñándole la dirección del periódico.

—¿Por qué tienes que ir a ese lupanar?

—Yo esperaba que fuera un hotel cinco estrellas.

—Eres bastante pendejo para ser detective. Los gringos te han quitado la malicia en la forma de pensar, Sunny. Ese lugar es un casino clandestino.

—Ya sabes qué hacer si no regreso.

—¿Puedo quedarme con tu habitación en el hotel? —preguntó sonriendo.

No respondí, el chiste se terminó desde que apareció la palabra «mafia».

Johnny continuaba su vida social de bebida, saludos y besos en la piscina de Los Flamingos. Yo me quedé en silencio, cobijado por la sombra de la palapa. Estaba acostumbrado a estas cosas. La mafia había comprado su lugar en Hollywood cuando aceptaron al buen Bugsy. Incluso estaba seguro de que le pondrían nombre a una calle en Culver City, le construirían una escultura y hasta le harían una película de su vida, incluso con final feliz, donde no es asesinado a mano de sus compinches por haber creado el paraíso del hampa: Las Vegas.

—Hacía mucho tiempo que no veía a Johnny tan contento —me dijo Ojos Aguamarina con su español de caramelo. Se había colocado un sombrero enorme y unas gafas oscuras del tamaño de un parabrisas. Estaba encantadora.

—¿Lo conoces de hace mucho? —pregunté.

—Crecí en Beverly Hills, mi padrino es César Romero. Fui parte de los *Hollywood Orphans*. Estudié con una de sus hijas en la escuela. Con Heidi, la que murió. Papá era médico cirujano con oficina en Bel Air. Mamá, profesora de español en la secundaria. Mitad checoslovaca, mitad mexicana y cien por cien norteamericana.

—¿*Hollywood Orphans*?

—Así nos llaman. Los hijos de las estrellas. Son caso aparte, viven con la sombra de los padres. Dicen que tienen arruinada su vida por ser abandonados y poseer mucho dinero. Siempre terminaban nuestras veladas en bebidas, fiestas alocadas y un poco de droga. Te gustarían, son divertidas.

—Pero tú no sigues ahí...

—No, estudié en la Universidad de San Diego. Diplomada en Relaciones Internacionales. No era hija de estrellas. Mi padre era su doctor. Aparte, madre podía ser la Santa Inquisición en persona en cuanto a moral, era católica.

—Creo que yo vi esa película. Es la misma trama que en mi vida. Mamá es de Puebla. Papá terminó como comandante en la Marina norteamericana. Una educación militar mezclada con la católica hace estragos. Soy el vivo ejemplo para comprobarlo.

—¿Por eso nos refugiamos en el alcohol? ¿Para contradecir a nuestros padres? —preguntó antes de beber de su martini. Y vaya que sabía hacerlo, lo paladeaba de tal manera que se me antojó tremendamente.

—Bebemos porque queremos.

—Entonces brindemos —dijo alzando su copa. La chocó con la mía—. Porque los huérfanos han encontrado un lugar en el país de los cócteles.

—Amén —respondí.

Los dos bebimos de golpe. No había duda que era más cautivadora cuanto más la conocías.

Odiaba dejar esta maravillosa plática. Pero había decidido terminar mi labor para Johnny lo antes posible. Me despedí de Ojos Aguamarina y de Charandas, quien seguía subiendo mis gastos del hotel, mientras ordenaba una mojarra frita, para bañarme y vestirme. Le pediría a Johnny el Cadillac a fin de ir al punto de reunión y arreglar su deuda en el brinquito.

XVI

Matador

½ medida de tequila dorado
3 medidas de jugo de piña
½ medida de jugo de limón
Hielo
Rebanada de piña

Mezcle los ingredientes. Se puede servir en un vaso largo con hielos y adornado con la rebanada de piña, o bien molido en la licuadora, con hielo, para darle un acabado *frozen*. Se sirve en vaso corto, con Dick Dale & The Del Tones tocando *Surfing drums*.

El matador es un cóctel basado en tequila. Es menos conocido que el margarita, pero posee una estructura igual de simple, con tres ingredientes primarios: el tequila, que bien puede usarse blanco (pero por el color paja de la bebida se recomienda dorado), el jugo de piña y el limón. Estos tres, productos provenientes del Pacífico mexicano. El nombre se deriva del torero que cierra la fiesta brava matando al toro bravo.

La casa estaba en una loma cerca del muelle, con la cara mirando a la playa y al mar Pacífico. Era del tipo mexicano, que desparrama sus paredes encaladas y tejados de barro por entre las rocas, como si fuera un helado botado al sol. Le habían colocado alrededor una coqueta barda baja con un enrejado de hierro negro. Desde luego no tenía como función impedir la entrada a los extraños, pues no medía más de un metro. Quizá solo era para molestar a las ratas, cucarachas o gaviotas, pues esas entran solas sin importar el tamaño.

Había llegado temprano a propósito. Era una manera de reconocer el terreno. Desde el Cadillac, bebiendo una soda sabor tamarindo, trataba de grabarme el paisaje para el caso de un escape. La mejor opción era una escalera metálica en la parte posterior. Por ahí podía huir yo, o hacerlo cualquier esposo de su mujer celosa.

El auto lo había aparcado en la acera de enfrente, junto a un motel de dudosa calidad con el llamativo nombre de «La Cabaña de Pepito». Al frente de este, un trío de muchachos en pantalones cortos, sin camisas ni zapatos, pateaban infructuosamente un balón para colocarlo en medio de dos latas aplastadas. Sus gritos eran muy parecidos a los que hubo en la toma de la Bastilla en Francia. Quizás un poco más agresivos. Jugaban bajo la luz de un alumbrado público. A pocos centímetros del foco, un grupo de polillas parecía apostar a ver quién se mareaba más rápido volando en círculos.

Transcurrió un tiempo y dos anotaciones de los chicos, sin que supiera quién ganaba. Fue cuando llegó un auto. Era grande, Oldsmovil Cutlass, y negro. Estaba seguro de que solo los hacían para personas del Gobierno o policías. De este bajó el tipo de poco cabello, pero envaselinado. Era quien había saludado a Johnny en la fiesta. Llevaba su pulcra guayabera y fumaba en un pitillo, lo que lo hacía ver lo doble de insoportable. Detrás de él había dos hombres. No eran como Extra-Grande 1 y 2, sino una talla mayor: Extra-Extra-Grande. Y podría asegurar que esa medida solo la usaba gente con puestos muy altos del Gobierno mexicano.

Abrió la pequeña puerta de metal. Tocó el timbre. Sin dejar pasar un parpadeo le abrieron la puerta, que dejó escapar una canción de José Alfredo Jiménez. No pude ver quién era su anfitrión. Tendría que ir para averiguarlo.

Estaba seguro de que estaba a punto de cometer un grave error. Metí mi Colt en el portafolio. Tuve que sacar un par de fajos para hacerle espacio, y me los metí en los bolsillos. Me sentí sucio, como un delegado recibiendo un jugoso soborno. Salí del auto y dejé a los próximos Pelés corriendo detrás del balón bajo una lámpara urbana. Las polillas continuaron volando en espiral. Ninguna se había mareado.

Abrí la puerta de la reja y me dirigí directo a la entrada. Antes de llegar a esta, se abrió de golpe. Una mujer delgada, con una aureola de mascada de seda y pelo azabache, me miraba. Un cigarro sin encender colgaba de sus labios rojos. Era de piel morena, sabor canela. Sin duda, se vestía para verse apetitosa.

—¿Eres el gringo? —preguntó sin soltar el cigarro. Era un español costeño, cantado y golpeado, como olas que revientan.

—En verdad nací en Puebla.

Me examinó. No me creía. No ayudaba que llevara yo un portafolio encadenado a mi mano. Le ofrecí un gesto feliz, solo para convencerla. Se hizo a un lado cuando dijo:

—Me cagan los de Puebla.

Sin duda, fue amor mutuo. Si la veías con más detenimiento, encontrabas que tenía unos cuarenta años, aunque se esforzaba por verse de menos. Había maquillaje sabiamente aplicado con años de práctica para esconder las arrugas. Las estrías no podían esconderse. La delataban.

—¡Eh, Blummy! ¡Ya llegó el gringo! —gritó a todo pulmón. No soltó ni movió el cigarrillo. Era una experta.

Me encaminé para descubrir el interior, que estaba iluminado en zonas precisas. No podría decirse que estuviera atiborrado, pero un equipo de fútbol no habría cabido. La sala principal tenía mesas de juego distribuidas. Una colección de sillas alrededor de estas. Todas distintas, desde aluminio hasta madera tallada. La mayoría vestía camisas a cuadros y sombreros tejanos. Pero también distinguí un par de gringos en camisas floreadas. Entre la asistencia se mimetizaban muchachas vestidas en faldas cortas o ropa interior. Una pesada neblina de nicotina se corría como un telón. Mis ojos lloraron.

—El jefe te espera —dijo uno de los Extra-Extra-Grande. Me sacaba como tres pisos, con todo y sótano.

Lo seguí. Caminé por entre los jugadores, que apostaban dólares y pesos sin discriminar. Corría mucho dinero. Me acercó a una escalera que subía a un segundo nivel. Me señaló el bar, donde un cantinero limpiaba copas.

—Está arriba, cuarto de la izquierda. Dijo que podías pedir algo de beber.

101

—Mi garganta ruge por un buen Boston Cooler —le dije al gigante. No reaccionó. Alcé el maletín con una sonrisa estúpida—. Lo siento, estoy ocupado cargando el portafolio.

El tipo movió la cabeza, molesto. Era un primor. Se fue por mi bebida, se la sirvieron y me la entregó en la mano. Continuaba moviendo la cabeza sin aprobar mis palabras. No le di propina, pero sí le guiñé el ojo. A veces es mejor que un par de dólares.

Subí por la escalera hasta la planta superior. Un gran aparato consola Telefunke tocaba los discos que se apilaban en la parte superior, dejándolos caer uno tras otro. Desde el fondo, a la izquierda, se oían risas. Había luz y emergía humo de tabaco.

—Vaya, vaya… Es el gringo al que mandó el estudio para limpiar los calzones de Johnny. Bienvenido a Acapulco. Espero que el capitán Sandoval te haya dicho las reglas del puerto —dijo el enano relamido que me había dejado el periódico. Llevaba una ridícula pajarita y una camisa de manga corta. Se veía como si fuera a su primera comunión. Estaba sentado en una mesa redonda, jugando cartas. A su lado, Cara de Foca, que aunque ahora ya tenía el nombre de capitán Sandoval, no cambiaba nada. Seguía igual de feo, negro y sudoroso.

Del otro extremo, el catrín de guayabera que trabajaba para el Gobierno. Al frente, el calvo y gordo. El mismísimo Bö Roos, antiguo agente financiero de Johnny Weissmuller. Escoltados todos por Extra-Grande 1 y 2, y la pareja de Extra-Extra-Grande 1 que me había llevado mi bebida. Era una imagen encantadora. Rafael o Leonardo la hubieran pintado en alguna capilla y se habrían vuelto millonarios. Solo faltaba un ángel. Los ángeles siempre venden en los murales renacentistas.

—Buen juego. Yo optaría por mover el alfil. Ese siempre se come a la reina —dije bebiendo el trago.

Los cuatro voltearon los ojos hacia mí por un momento, comprobaron que no estaba loco y regresaron a su juego de cartas. ¿No es ajedrez? Lo siento. Es lo único que juego.

—El gringo es un chico listo —dijo en inglés Bö Roos. Por lo que observé, a nadie le importaba que no fuera gringo. Gringo me llamaban, y así se quedaría. Pinches etiquetas racistas. El capitán judicial Sandoval completó:

—Aquí en México los llamamos «pendejos». Pero luego se les quita con madrazos.

El catrín de la guayabera lanzó dos cartas a una pila.

—Dos cartas. Asegúrate de que sean las buenas o te quito tu residencia… Sería bueno presentarnos con el caballero. En nuestro país siempre ofrecemos bebida, comida y un asiento, pinches gringos. ¿Qué van a pensar de la camaradería mexicana? Mucho gusto, soy el licenciado Mario Moya Palencia, director general de Cinematografía de México. —Cerró su juego. Lo dejó en la mesa y, luego de levantarse, se acercó a mí para estrecharme la mano que sostenía el portafolio. Lo vio con incredulidad.

—Creo que se ha dejado llevar por las leyendas de que México es un país de bandoleros. No necesita llevar los papeles esposados a su muñeca, nadie se los va a robar.

—Es que luego se porta mal. Me dijeron que lo trajera a raya… El gusto es mío, señor. Sunny Pascal, seguridad de la productora Scott Cherris —respondí agitándole la mano.

Era agradable de trato, como buen político. Hizo una señal y Extra-Grande 1 acercó una silla. Ambos tomamos nuestro asiento, mientras continuaba la partida.

—Creo que ya conoces a Blummy, nuestro gerente del hotel Reforma en México. A su lado está el buen Bö Roos, *Mr. Deductible*, el más importante financiero de Hollywood. Juntos han hecho mucho por nuestro país, muchacho. Es un orgullo que trabajen con el Gobierno mexicano.

—Vaya, yo pensé que ya habían escarmentado al tener tratos con los nazis en la guerra. Ante la ausencia de matones, ahora tenemos que importarlos —dije de manera natural, como todo lo que digo. Por eso siempre termino golpeado.

—Si las estrellas como John Wayne, Sinatra o Weissmuller están vacacionando en Acapulco, es porque ellos así lo decidieron. ¿Sabías que fue Bö Roos el que hizo el trato para que compraran el hotel Los Flamingos? La regla básica en un festival de cine es no juzgar una película si ves solo un tramo. Quédate en la sala hasta que salgan los créditos.

—Tengo flor —cantó el judicial.

Roos aventó sus cartas, molesto. Este negocio no le había salido bien. El enano mafioso lo pensó y decidió pasar. Moya Palencia extendió sus cartas: era color.

—Me hiciste caso. Me diste las cartas buenas… —El hombre sonrió, sacó un cigarro con filtro y lo fumó de manera elegante.

Eran los modales que se obtienen estando mucho tiempo con embajadores e intelectuales.

—¿Trajiste el dinero de Johnny? —preguntó el judicial.

Saqué dos bloques de billetes y se los aventé. No era todo. Faltaba una parte, pero deseaba saber el terreno que pisaba. Esperaba una respuesta. Los miraron y continuaron el juego. Nadie preguntó por el maletín.

—Medio millón de dólares… —dije nervioso.

Nadie volteó.

—Si quieres jugar, aquí aceptamos apuestas reales. No tonterías —murmuró molesto el judicial. Hubiera entregado con gusto la otra mitad del dinero, pero Extra-Extra-Grande 1 subió asustado diciendo:

—Ya llegó.

—Es hora de irse, sabueso. Tienes dos días para el resto —dijo el judicial levantándose para llevarme del brazo hasta la parte inferior de la casa, donde había una escalera de servicio—. No necesito advertirte qué pasará si no lo haces.

Me cerró la puerta en la cara. Sorprendido, aferré el portafolio. Bajé por la escalera metálica tratando de oír algo. Pero fue en vano. Llegué al patio de la casa y salí por la entrada. Al lado del Oldsmovil Cutlass estaba estacionado un Impala descapotable enorme. Color paja. Un hombre que seguramente era cruza de oso me miraba con ojos malvados, fumando. No era fauna local, era rubio. Estaba acalorado y chapeado. No se sentía en su ámbito.

Con tranquilidad me encaminé al Cadillac. No había rastros de los campeones de fútbol. Quizás habían sido descubiertos por el entrenador del equipo nacional. Las polillas seguían su rutina alrededor de la luminaria. Abrí la puerta del auto. Nuestros ojos no podían quitarse de encima. Esperábamos que alguno diera un paso en falso. Pero no fuimos nosotros. Un tercer hombre, encubierto en la oscuridad, disparó. Al principio no supe si fue a mí o al rubio. Los dos caímos al suelo y nos cubrimos. Un segundo disparo voló a una uña de mi oreja: yo era el blanco. Había sido traicionado.

Saqué mi Colt del portafolio. Un fajo de billetes rodó por la calle. El rubio ya tenía una Beretta con la que me apuntaba. Pero no disparó. También se había dado cuenta de que no estábamos solos.

—¡En las azoteas! ¡En las ventanas! —le grité. Puso cara extrañada. Volví a repetirlo en inglés—: *In the window! The shooter!*

Ambos disparamos a la noche para defendernos. No teníamos ni idea de dónde estaba el tirador. Eso me otorgó tiempo para montarme en el Cadillac y arrancar a toda velocidad. Una última bala dio en la cajuela.

Le dejé el problema al rubio. Yo ya iba de regreso a mi hotel para tomarme un par de tequilas, dormir a pierna suelta y limpiarme los calzones, pues me había cagado del susto.

XVII

Orange Whip

4 medidas de jugo de naranja
1 medida de vodka
1 medida de ron
1 medida de crema

Se han de colocar los ingredientes con hielo y licuarlos. Sírvase en un vaso amplio. Adórnelo con una naranja y una cereza.

Este trago compuesto tiene la textura de una leche malteada, por lo que se convirtió en una bebida popular a finales de la década de los cincuenta en los campos de golf de Palm Springs, donde abundan las naranjas. Aunque el nombre se popularizó tanto que se extendió a bebidas no alcohólicas, con similares características pero sin el ron y el vodka. Es parte de la cultura popular, y la modelo de pin up *Jeanne Carmen se convirtió en Miss orange whip. También se volvió una bebida referencial para la policía, como lo mostró John Candy en el filme* The Blues Brothers, *cuando llega a un bar pidiendo un orange whip para él y sus compañeros de la policía estatal. En la misma película aparece el soul instrumental de 1962,* Green onions, *de Booker T. & the M. G.'s.*

Simplemente le hice caso. No pregunté nada cuando me contestó con tono avinagrado. No tenía intenciones de argumentar con un ex campeón olímpico. Si te decía «lárgate ya», no lo discutías. Lo dejé con una tremenda jaqueca y una llamada por teléfono desde Florida que lo habían puesto de mal humor: su nueva novia, la condesa Maria, deseaba que la anterior esposa de Johnny le devolviera las joyas que este le había comprado. Comprendí que eso no era cosa fácil, aun para el mismo Tarzán.

Se quedó encerrado bebiendo orange whips bien cargados y recordando triunfos antiguos. Yo opté por tomarle la palabra de atender un compromiso en su nombre, pues necesitaba tiempo para pensar. Me refería a Johnny y su esposa. Yo, ni idea de lo que pasaba en mi vida.

Llamé a mi compinche, Lupito *Charandas* Fernández, para que me recogiera en el hotel. Nos compramos un par de cervezas y nos encaminamos hacia el centro de la ciudad de Acapulco, bajando por las playas de Caleta. Dejamos que el viento nos limpiara los pensamientos.

—Cuéntame de tu supuesto tesoro… —lo invité a desahogarse con sus fantasías.

—Es sencillo, Sunny. El pirata George Compton sabía que estaría asediado por la Marina española, así que escogió un lugar seguro. Entre los riscos del final de la bahía, en una gruta sumergida. Es donde escondió el botín, según encontré en un viejo escrito.

—Una pregunta: ¿cómo encontró esa gruta? Los acantilados en las rocas son un arma mortal. Están hechos de filosas piedras como cuchillas. Ningún buzo actual sobreviviría el golpe en ellos, menos un hombre del siglo XVIII.

—Ahí es donde estoy investigando. Debe existir una entrada desde el exterior. Quizás un canal natural de agua o una tronera de aire. Para eso se necesitan fotografías aéreas, estudios geológicos y mucho dinero. Estoy hablando con la Universidad de La Habana para que me brinde ayuda.

—Pensé que ellos solo usaban la geología para construir silos de misiles.

—No te burles, Sunny, el pueblo cubano está elegido para cambiar el mundo.

No continué la charla. No deseaba seguirla en terrenos donde lo fastidiaría. Algunas veces yo podía ser molesto como una navaja en el culo.

Nos detuvimos frente a una gran casa encalada que se cobijaba del sol entre palmeras. Era una casa hogar. Se veía y se escuchaba agradable. Muchos gritos de niños se fugaban al exterior. Eran gritos felices. Había un grupo de autos estacionados en el exterior. Todos de lujo.

—¿Te presentarás con ese ridículo portafolio encadenado a ti? —preguntó Charandas calándose su sombrero de cuero hasta las orejas.

—Es que no traje corbata.

Entramos al recinto. Una gran pachanga se llevaba a cabo en el interior. Habían colocado en el jardín un grupo de mesas donde ofrecían antojitos mexicanos a los invitados. Cientos de escuincles con uniforme corrían detrás de globos, pelotas y juguetes, y se revolvían con estos. Habían aprovechado el festival para que una asociación local organizara una kermés con el fin de recaudar fondos.

—Debo suponer que míster Weissmuller no asistirá —manifestó Ojos Aguamarina con molestia, sorrajándomelo apenas me vio entrar.

Ese día vestía un austero conjunto de dos piezas. Moderno, pero clásico. Demasiado Jackie Kennedy para mi gusto. Se había relamido el pelo hacia atrás para tratar de ofrecer una imagen de educadora, efecto que lograba. Las pecas pulsaban ante los rayos solares. Para lograr ese aspecto de seriedad, unos espejuelos con montura de carey descansaban en su cara. Mis sueños sexuales con mi maestra de tercero florecieron al verla.

—Tuvo un pequeño problema. Estoy aquí en su nombre, señorita Valdés —revelé. Ella era la razón por la que había decidido ir a ese lugar, una razón más que buena.

—Se agradece la intención, pero lo necesitaba para los reporteros —declaró señalando a un grupo con cámaras que capturaba fotografías entre los chicuelos. Estos se arremolinaban alrededor de una palmera. Me tardé en descubrir que no era árbol, sino humano. Uno muy alto.

Todos sabíamos que John Wayne siempre era el bueno de la película. Sin importar si fuera un *western*, un filme de guerra o uno de dibujos animados. Y los buenos siempre ayudan a los niños. Por eso no me sorprendió verlo rodeado de esos pequeños anarquistas.

—Si los llamas para que cubran un evento de donación, se olvidan de nosotros. Pero si dices que vendrá John Wayne, tenemos una fila de espera. Weissmuller era un incentivo extra: el *cowboy* y el Tarzán, juntos, en beneficio de los niños de Acapulco.

—Toda una fría manipuladora de medios. Hasta podrías trabajar para el Gobierno norteamericano como secretaria de Estado.

—Tal vez lo haga. Siempre estoy dispuesta a hacer lo que creo correcto.

—Ten cuidado, el Tío Sam algunas veces no usa ese criterio.

Ojos Aguamarina caminó a mi lado mientras revisaba los puestos implementados para servir comida. Era un grupo de estadounidenses asentados en Acapulco y de empresarios del Estado haciendo su buena acción del día. Los bocadillos y las aguas frescas circulaban con alegría. Yo lo hubiera cambiado todo por un trago. Aunque fuera una cerveza caliente.

—Estamos trabajando en una fundación importante. Fue creada hace cuatro años por el doctor Jack Rushing de Dallas y el fundador del hotel El Mirador, Carlos Barnard, cerca de La Quebrada. Ellos formaron Amigos de Acapulco. Esta es parte de su labor.

—Felicítamelos por haber reservado palco en el cielo. Me conformaré con mi asiento en el infierno... Te apasiona todo esto, ¿verdad?

—La sonrisa de estos niños vale cada esfuerzo, cada dólar. No son los programas o las fundaciones, sino la esperanza que en el mañana habrá una vida mejor.

La observé manteniendo un gesto achispado. Sentí que se ruborizaba. Sus pecas se tostaban como tortillas en el fuego.

—¿Lo haces porque viste cómo tus amigos ricos echaban a perder su vida, aunque tuvieron todo el dinero del mundo? Vamos, no seas inocente. Temo decirte que eso no va a mejorar el mundo. Ellos seguirán haciendo sus necesidades fuera de la bacinica, pues lo que desean es atención. Quizá no es una bendición ser hijo de estrellas en Beverly Hills.

—Tú no sabes lo que es eso, razón por la cual nunca lo comprenderás —refunfuñó con un gesto de tedio—. Mi mejor amiga era Heidi, la hija de Weissmuller. A los catorce se escapó de sus padres. Johnny la mandó buscar y la regresó a su casa. Murió hace dos años cuando su esposo regresaba de una fiesta en una carretera en San Diego. Habían bebido. Quizá si hubieran notado antes que necesitaba ayuda, el accidente se hubiera evitado. He enterrado más amigos que parientes. No te pases de listo conmigo.

Volvió sus ojos hacia una pareja de niñas que brincaban la cuerda. Debieron recordarle a Heidi y a ella a esa edad.

—Su hermano, Johnny, y el hijo de Bob Mitchmun, se dedicaban a robar autos solo porque estaban aburridos. Tenían todo y no les importó: jalaron de la llave del escusado.

Ojos Aguamarina se detuvo. Limpió la cara de una de las niñas que comían una enorme torta de jamón y queso. La chamaca otorgó una sonrisa amplia y sincera. Tenía razón, eso valía todo el trabajo.

—Vine a invitarte un martini. Quizás dos, si te dejas.

—Dame una buena razón para aceptar tu invitación después de que vienes a burlarte de mí.

—Soy agradable. No como mucho, no fumo y me gusta la vida en el mar. Otras han salido por menos conmigo.

—¿Les pagaste?

La miré con desprecio. Era una mujer cruel y endiablada. No le había gustado que la psicoanalizara. Y eso que había sido una sesión gratis.

—Será mejor olvidarnos de este juego. No deseo ser grosera, pero tal vez no sea el momento correcto. Mi vida es complicada.

—No me vengas con esa chorrada. Se me olvidaba que eras de la realeza de Cinelandia. No puedes esconderlo, primor: eres igual que ellos, solo que con título de universidad —expresé también molesto. Me di media vuelta y la dejé atrás. No esperé que me siguiera, ni lo deseaba.

Salí de la casa. Permanecí en el jardín, debajo de una palmera, bebiendo una desangelada agua de sabor mientras los niños cantaban viejas canciones de cuna.

—Te gusta, ¿verdad, peregrino? —escuché a unos pasos, entre la sombra de la casa.

De pie, recargado en una columna, en su gesto típico de *sheriff* del condado esperando a los maleantes, John Wayne me miraba con una pajilla en la boca.

—Lo siento, míster Wayne. No debió escuchar esa plática

—me disculpé acercándome a él. Pensé que fumaba, pero no era así. Jugaba con el popote entre sus dedos, como si tratara de buscar confort donde no había.

—Nunca digas lo siento, es un símbolo de debilidad —exclamó con tono bajo, y despacio. Era una plácida pradera de Kansas—. No te preocupes. Salí a tomar aire. Están fumando adentro. Demasiada tentación para mí. Me pronosticaron cáncer en el pulmón este año. He dejado de fumar.

No dije más. No supe qué decir al *cowboy* por excelencia. Era muy grande, aun para mí. Wayne hizo un gesto hacia el interior del edificio.

—Es atractiva.

—Bastante, por eso me molesta.

—Nunca te cases con una mexicana. Son divertidas, pero están locas. Yo pasé muy buenos días con mi esposa Esperanza *la Chata* Bauer... Claro, cuando no trataba de matarme.

—Estese seguro de que le haré caso. Sobre todo si viene de alguien con sus credenciales, míster.

—He comido más de la cuenta, he bebido lo que no debía y mi vida sexual es de mi maldita incumbencia, pero te aseguro que, aun con todo lo que he vivido, sigo sin entender a las mujeres.

—El eterno vaquero solitario que galopa al atardecer.

—No te dejes engañar, peregrino. Es solo una película —indicó con cara relajada. Puso su enorme mano en mi hombro para soltarme con crudeza—: La vida es dura. Y más dura si tú eres estúpido.

Me soltó a fin de volver adentro de la casa, donde los niños ya lo esperaban para ofrecerle algo de comer. John Wayne, sin importar la película, al final siempre tendría las mejores líneas de un diálogo.

XVIII

Blue Margarita

4 medidas de tequila dorado
1 medida de *curaçao* azul
1 medida de *triple sec*
¼ de taza de jugo de limón
Sal

Coloque todos los ingredientes con mucho hielo en
el vaso mezclador. Sírvalo en una copa abierta escarchada con sal, y adornada con una rodaja de
fruta estrella o carambola.

Con el éxito del cóctel margarita en el mundo, comenzaron a aparecer variaciones afrutadas. Eran para distintos paladares que deseaban probar un nuevo licor, como el tequila, poco difundido en los sesenta. Con su llegada a todos los bares, su propagación fue veloz. Esta versión del margarita ha tomado mucha popularidad últimamente, como la música de Ann Margret y su éxito Mr. Kiss Kiss Bang Bang.

Salí del centro social. En la calle solo había una iguana husmeando entre los botes de basura. Rodeé la barda para poder ver la playa.

Había en ella algunas pangas estancadas en la arena, tostándose al sol a modo de turistas. Los alrededores eran residencias privadas que poco a poco iban ganándole terreno a la selva y a

la playa. Eran tranquilas y apacibles. El murmullo de las fodongas olas apenas susurraba.

—Eres un completo idiota. —Esa voz descompuso mi paisaje,
había dejado de estar solo.

A solo unos pasos, un viejo amigo: el cubano con el que había chocado en el aeropuerto de Los Ángeles. Si mi memoria no
me fallaba, llevaba por nombre Luis Posada. Y mi memoria
nunca falla.

—Ni idea tienes de lo que pasa, Pascal.

Me sobresalté al escuchar mi nombre. Le contesté tratando de
adoptar un tono más o menos amistoso:

—Te voy a ser franco, no es algo nuevo. Nunca tengo idea de
qué pasa en mi vida. Generalmente, termino estrellándome entre
las olas, en lugar de nadar contracorriente.

—Usted es un desgraciado escurridizo, y ha metido las narices en algo grande. Habrá consecuencias.

—Lo tomaré como un cumplido.

—Me importa un carajo cómo lo tome. ¡Vaya problema en el
que nos ha metido!

No se movía, yo tampoco. Estábamos a una buena distancia
de la casa para que un disparo sonara como una simple pincha-
dura de neumático. Las olas podrían acallar cualquier grito también. El mundo estaba perfectamente equilibrado.

—Tu problema es que solo eres un buen pedazo de nada. Me
complicaste la vida al hacerte el listo —explicó de manera convincente.

Apareció su arma. Me estaba ya desilusionando si no lo hacía.
Era una Beretta 418 pulcramente brillante, como la que usa James Bond en sus novelas. Me hubiera gustado una así para atraer
a mujeres bellas. Yo prefería otras, pero no para atraer a mujeres, sino para matar. Ian Fleming podía haber sido espía britá-
nico; sin embargo, su opción de arma era lo más cercano a un
lápiz labial.

—Tienes algo que me pertenece.

—Si me matas, nunca lo tendrás.

—¡Lo tienes a tu lado, listillo!

—Bueno, no puedes culparme por haberlo intentado. Yo también veo películas de espías, por si no lo sabía.

—Ese dinero es nuestro.

—¿De verdad? Le busqué un nombre para poder mandártelo por correo, pero no había nada escrito. Quizá te confundes... —dije con inocencia.

—Los graciosos son los primeros en morir —respondió alzando la mano para apuntarme.

Quizás hubiera esperado a que hiciera un movimiento en falso, pero mi primera opción fue protegerme. Levanté el portafolio, usándolo como escudo. Disparó. Agradecí el pésimo gusto de las armas de James Bond y que esa selección se expandiera como un virus. Quizá Bond podía tener licencia para matar, pero su arma no traspasaría un blindaje: la bala se introdujo entre el portafolio y las caras de Benjamín Franklin. Los billetes me habían salvado, pero el impacto me derribó en la arena.

—Eres un *jijo*-de-tu-puta-madre —murmuró con los dientes apretados. Sus ojos eran dos grandes hogueras. Alimentaban su odio como calderas de locomotora—. He matado a hombres más poderosos. No tienes idea de lo importantes que eran y de lo fácil que fue quitarlos del camino. Contigo será como pisar una mosca.

Volvió a apuntarme. Esta vez se acercó lo suficiente para no fallar.

Antes de que disparara, un remo de las barcazas estacionadas trató de permanecer en el mismo espacio físico que su cabeza. Como las leyes de la física son las únicas inquebrantables, la cabeza salió expulsada al son de un ruido seco. Charandas aún vibraba por el golpe. Se lo había asentado con odio.

No me esperé a ver si el hombre había sufrido un derrame cerebral múltiple. Me levanté confirmando que el asesino permanecía en el suelo, quejándose. Corrí detrás de mi amigo, que había soltado su potente arma y se dirigía rumbo a su automóvil.

—¡Te debo una, hermano! —logré decirle.

Charandas giró su cabeza. Su cara estaba descompuesta, avinagrada.

—¡¿Por qué, Sunny?! ¡Él es un asesino!

No supe qué contestarle.

Lupito se adelantó a su automóvil. Entró de un salto y trató de arrancarlo. Yo me detuve a unos pasos, girando sobre mí mismo. Recordé a Ojos Aguamarina y la sonrisa de la niña. No podía dejarlos con un tipo así. Hay grados de ser un cobarde hijo de puta, y el mío no era tan bajo.

—¡Espera! ¡Debemos salvar a los niños!...

Fue lo último que escuché: mi propia voz diciendo eso.

Luego vino la explosión.

XIX

Pink Lady

2 medidas de gin
1 medida de granadina
1 medida de crema de leche o leche evaporada
1 gota de jugo de lima
1 clara de huevo

Coloque los ingredientes con el hielo en el vaso
mezclador, agítelo para escarchar y que haga espuma. Sirva en una copa de cóctel. Adorne con una
cereza. Bébalo mientras recuerda a otra gran *lady*,
Ann Margret, cantándonos *Heartbreak hotel*, que
logra superar a Elvis por mucho.

*El pink lady es un cóctel clásico basado en la ginebra. Posee su
historia propia y fue popular en la época dorada de Hollywood,
en la década de los treinta. Las claras de huevo agitadas con el
resto de los ingredientes crean una capa de espuma característica que flota encima de la bebida color rosa, otorgándole una
textura única. No hay duda de que el pink lady es una opción
muy femenina.*
   El escritor y bartender *estadounidense Jack Townsend espe-
culó en 1951, en su libro* The Bartender's Book, *con que el aspecto le daba una inocencia especial para que las mujeres apela-
ran por el trago, aun cuando el gusto era fuerte y seco,
sobresaliendo el dulzón afrutado de la granadina. Esta bebida
fue hecha tradicionalmente con la ginebra de Plymouth, que*

tiene un sabor más fuerte, de las hierbas, comparado con la ginebra estándar.

—¿Cómo se siente, señor Pascal?

Es una pregunta más que común en un hospital. Se dice tantas veces que se desbarata por el uso. Pero admito que nunca me había sonado más reconfortante, pues mi respuesta era:

—Bien, pero de la chingada.

Frente a mí había una bata blanca y, en su interior, un muchacho que acababa de romper el cascarón. Como no era posible que fuese un matón dispuesto a rematarme, supuse que se trataba de mi doctor. Revisó cada palmo de mi cuerpo. Yo, tal como viene en el contrato establecido, me quejaba cuando apretaba una de las heridas en mi mejilla, mi costado y mis piernas. Lo hacía tan bien que mentí dolor en dos lugares más.

—Se ve bien. Tuvo suerte. Al igual que su amigo. El señor John Wayne los salvó al traerlos al hospital.

—¿Está vivo mi amigo?

—Lo que queda de él, sí —respondió el muchacho preparando una inyección del tamaño de un destapacaños. Pensé que si planeaba introducir eso en mi trasero, estaba más que equivocado—. Quemaduras en segundo grado, perdió un brazo. Fue una gran explosión. Es por eso por lo que hay que tener cuidado con el fuego en un auto. Los accidentes suelen suceder.

—¿Accidentes? ¡Nos plantaron una bomba en el auto! —grité tratando de levantar la mano. Me dolía y el portafolio pesaba mucho.

—La policía no opina eso. Este es un lugar turístico. ¿Quién querría poner una bomba, señor Pascal? —explicó como todo un perito. Se plantó frente a mí y me hizo una señal para que virara—. Le voy a poner penicilina para evitar que se le infecten las heridas. Tómese las pastillas y descanse mucho. Me han dicho que no se ha querido apartar de su portafolio, ¿acaso es agente secreto?

—Si lo fuera, no podría decírselo, porque no sería secreto.

Me miró divertido con la jeringa en la mano. Sabía que el sarcasmo no me libraría de su acto sádico. Sin hacer más largo el sufrimiento, me abrí el cinturón. Pantalones y calzones cayeron al suelo. Estaba a punto de pedirle que fuera bueno cuando sentí la inyección. Dolió más que la explosión. Grité el triple.

Salí del hospital al caer la noche. Charandas estaba en recuperación. No había despertado. Lo tenían sedado. Parte de la cara estaba cual carne asada en su punto y un proyectil de la explosión le había arrancado el brazo de tajo. Se había roto unas costillas y un hueso de la pierna. Por lo demás, estaba más que listo para correr el maratón.

Tres muertos y un herido grave. El cubano tenía toda la razón: ni idea de qué pasaba alrededor de mi vida. Tomé el bote de pastillas para el dolor y me vacié la mitad en la boca. Lo bajé con dos tequilas que pedí en un chiringuito de la playa de camino hacia el hotel.

Estaba molesto con Ojos Aguamarina. No deseaba regresar a Los Flamingos para hablarle a Scott y decir que los muertos seguían apareciendo. Caminé entre turistas recién bañados después de revolcarse en las olas. Todos reían y disfrutaban el lugar. Yo era el único que no parecía pasarla bien. Y realmente necesitaba pasarla bien. Para eso requería más alcohol y una pelirroja. Las pelirrojas siempre me suben la moral.

Compré una nueva camisa que no estuviera quemada ni tuviera hoyos de balas. Era una de manta, bastante mal hecha. Cuello Mao, en color crudo. La odié, pero no tenía alternativa. Necesitaba verme presentable en la recepción. Llegué hasta el Hilton en un taxi. Me coloqué los lentes oscuros, aunque la noche cubría todo. Con el aplomo de un buscador de talentos norteamericano o de un padrote de Ciudad Juárez, pregunté por el cuarto.

—¿A quién anuncio? —preguntó el conserje.

—Dígale que ya sé quién soy en verdad. Ella sabrá —respondí. Me coloqué en una silla del lobby bebiendo un martini seco que hacía delicias con los fármacos. Unos diez minutos más, llegó el conserje y me pidió que lo siguiera.

Subimos hasta la habitación presidencial. El joven tocó con sus nudillos de una manera tan suave que lo envidié, pues es como se debe tocar la puerta para que no suene como la policía. Una voz femenina, la misma que canta *Heartbreak hotel*, respondió del otro lado:

119

—Acomódate. Salgo dentro de un momento.

Deslicé al chico un billete de diez y se fue tan silencioso como un fantasma. Yo entré a la habitación. Era enorme. Era de entenderse que la llamaban presidencial, pues en ella cabía el gabinete de senadores, diputados y el presidente. Habría una esquina para la primera dama. Estaba decorada en tonos rosas y naranjas. No trataban de emular la arquitectura vernácula mexicana, sino que era una explosión de modernidad con muebles plásticos y de aluminio. Una gran alfombra dominaba el centro con largas tiras de bordado como si hubieran matado cien perros viejos ovejeros ingleses color naranja para hacerla. Un sillón de cuero blanco del largo de un tranvía cruzaba la sala señalando una barra con la mejor calidad en bebidas. En los grandes ventanales se veía en todo su esplendor la bahía. Las luces de la noche le daban un toque hermoso. En el cuarto, seguramente en la radio, Sinatra estaba cantando *Fly with me to Acapulco*, y todos deberíamos estar aquí.

—¿Me sirves una? —preguntó la voz desde el cuarto.

Con gran delicadeza serví dos copas. Era una maravilla de bar. Habían colocado cerezas y aceitunas en platos para los adornos. Así hasta yo podía ser famoso.

Apareció detrás de mí, mientras terminaba la bebida. Llevaba un largo vestido vaporoso de algodón en color marrón con un cinturón grueso, que la hacía verse como una doncella en espera de su caballero andante. Su cabellera roja estaba libre y, como siempre, peleaba por cubrir su ojo izquierdo. Andaba descalza, caminaba como si flotara a unos centímetros del piso. Al pasar frente a una lámpara noté que no llevaba sostén. Se me quitaron todos los dolores. Había tomado una buena decisión al venir a verla.

—¿Y bien?

—¿Qué? —cuestioné mientras le entregaba su vaso.

Ella movió los hielos, divertida. Clavó su ojo destapado en mi portafolio y en que estaba esposado a mi muñeca. Pareció serle aún más divertido. Pensé que así de ridículo me vería. En la radio se escuchó a Ray Charles dándome la razón.

—¿Quién eres?… Me dijeron que por fin has encontrado quién eres. —En actitud retadora se sentó frente a mí en un banco de la barra. Las luces de la bahía iluminaron su rostro tostado por el sol.

—Mi nombre es Sunny Pascal —respondí.

—Eso ya lo sabía. Eres el detective de Hollywood. Me contaron que has trabajado para Natalie y Sal. Dicen que eres bueno —reconoció con su voz jazzística, ligeramente cantada. Entendí que hablaba de Natalie Wood y Sal Mineo. Del último me hubiera gustado hacer más. Terminé matando a uno de sus chantajistas.

—Eso soy, un sabueso —solté como si fuera diarrea. Ya abierta mi boca, no veía por qué cerrarla más. Así que, continué—: No tengo a nadie que me espere. No he tenido relaciones estables con ninguna mujer, hombre, perro o planta conífera en los últimos cinco años. Es porque el sexo causa más infelicidad que placer, porque nunca quiero lo que ellas quieren, porque no me gusta que me exijan cosas y porque soy malo pidiendo. Mi vida es un asco y tengo dudas de sobrevivir las siguientes veinticuatro horas.

Comprendí que a eso había ido. En mi complicada mente buscaba un confesionario. Ann Margret me ofreció el más bello. Me observó por varios segundos, que se convirtieron en minutos, luego sentí que fueron horas. Dio un sorbo a su bebida. Alzó los hombros y dijo con amargura:

—Y yo que pensé que estaba jodida.

Solté una carcajada, de esas tontas y huecas. Fue refrescante y contagiosa. La hermosa cantante sueca me hizo coro. Su risa era aguda como ardilla, y luego grave, como trompeta. Cantaba al reír. Las lágrimas se nos escurrieron a ambos. Brindamos y bebimos la copa de un golpe, la azotamos vacía, sonoramente, en la barra.

—¡Qué par de jodidos somos! Uno mexicano estadounidense y una sueca estadounidense. Luego no entiendo cómo no desean que terminemos con un loquero y terapias de choques eléctricos… —le dije sirviendo otro trago—. ¿Cuál es tu historia?

—Si no la sabes, es que has vivido en una isla perdida el último año, primor.

—¿Elvis?

—Elvis… —respondió encaminándose hasta el cristal de la ventana para mirar la costera—. Nos conocimos en la grabación de *Viva Las Vegas*. El amor que ves en el filme es real. Fue a primera vista. Éramos muy parecidos: hogareños, amábamos la música de negros y nos sentíamos muy cercanos a nuestras familias. Incluso fuimos a la iglesia varias veces juntos. Aunque no lo creas, Elvis es un gran creyente.

—Yo no visito las iglesias. Me otorgan más culpa que liberación —tuve que explicarle sentándome en el sillón de cuero.

Ella permaneció de pie. Mirando al frente. Comprendía que el ritual era el de un confesionario. El lujoso hotel sería nuestra iglesia.

—La última vez fue para rezar por el presidente Kennedy. Estábamos en su casa en Los Ángeles cuando vimos la noticia de su asesinato. Seguimos los comunicados periodísticos en la cama, en bata. Bebiendo chocolate y emparedados de crema de maní con plátano.

Volteó a verme. Una lágrima corría por su mejilla. Era pequeña, como si fuera el rocío de la mañana.

—Cuando no pudimos callar nuestro amorío, Priscilla Beaulieu se plantó frente a su agente diciéndole que yo podía «mantener mi culo en Suecia, a donde pertenecía». Elvis regresó con ella. Hace unas semanas anunciaron su boda. Me quedé sola y enamorada. Las revistas se burlan de mí al afirmar que al final solo pasaré a la historia como un dibujo animado en *Los Picapiedra*: Ann MarRock Priscilla Beaulieu —murmuró. Entre palabra y palabra hacía sonar los vasos de los hielos—. Me ofrecieron un trabajo para ser la imagen de Seven-up en Acapulco, y lo tomé. Sabía que no podría buscarme aquí. Se le tiene prohibida la entrada a México.

—¿Y la película *El ídolo en Acapulco*?

—Toda fue filmada en estudios, y en Santa Bárbara. Una vez Elvis declaró que prefería besar a un «negro» que a una mexicana. Su visa desde entonces ha sido rechazada.

—Una razón más para odiarlo —aseguré.

—No, te equivocas. Es la persona más bella que he conocido. Me llama de cariño Rusty, como mi personaje del filme… No lo odio, solo lo extraño. No cabe duda de que Elvis es un animal. Un animal muy interesante.

Dejé a un lado mi vaso. Me levanté y me puse detrás de ella para mirar el paisaje. De pronto, como cada noche en Acapulco, un concierto de fuegos artificiales iluminó el cielo a la altura de la isla de Morro. Prácticamente, cada día hacían fiesta mexicana.

Esa bahía necesitaba ser alimentada con las luces multicolores todas las noches para que su corazón latiera. Las centellas rojas y verdes iluminaron el rostro de Rusty. Sentí pena por Elvis. Podía tener todo en la vida, menos a esa lindura. Nunca pensé sentir pena por él.

Ella se volteó. Nuestros rostros quedaron a un suspiro. Me sumergí en sus ojos color miel, como si me lanzara vestido a una piscina. Fue refrescante. Ella hizo lo mismo, pero creo que recorrió cada arruga, cada herida y cada pelo de mi barba de tres días en mi cara. Sin saber en qué momento o quién dio el primer paso, nos estábamos besando. Sabía realmente a Seven-up.

No fue un beso apasionado, ni de esos que quitan la respiración. Al contrario: suave como caramelo, rápido como la vida.

Se apartó, me tomó de la mano y nos sentamos en el sillón a terminar de ver el espectáculo de los fuegos artificiales. Me quité el molesto maletín. Al poco rato estábamos recostados en el cuero blanco que aún olía a nuevo. Yaciendo uno al lado del otro, apenas agarrados de la mano. La textura de su mano era tersa, de seda.

Fueron varias veces las que nos preguntamos cosas tontas como: «¿En que piensas?», para responder cosas tontas como: «En nada». Al menos sabíamos que ninguno era feliz, pero que ambos saldríamos de eso tarde o temprano. Éramos dos chicos duros. No en balde uno se gana el seudónimo de «Rusty» o «Sabueso».

—¿Tu problema es algo que llevas en ese maletín? —cuestionó levantándose del sillón.

Eran pasadas las dos. Un silencio había caído en el exterior. Solo el murmullo del mar seguía arrullando a quien deseara dormir.

—En parte.

—Porque si es con gente de Hollywood, recuerda que ellos siempre actúan. Nunca son lo que dicen.

Me quedé mirándola sin pararme. Había tocado una fibra sensible. Sonreí. Me levanté, me coloqué el portafolio y le di un beso cariñoso, alzándole la barbilla.

—Sabes que no puedo quedarme. Tú eres solo un sexy dibujo animado. Lo nuestro nunca funcionaría.

Se le iluminó la cara con una sonrisita pícara. Rusty era mucho más fuerte que yo. Enterraría a todos.

—Desde luego. Nunca funcionaría, sabueso —me dijo mientras cerraba la puerta de su habitación.

Caminé hasta el elevador, complacido, como si hubiera sido la mejor noche de mi vida.

Y debo decir algo: lo era.

XX

Rum Swizzle

1 medida de ron dorado
1 medida de jugo de limón
1 medida de jugo de piña
1 medida de jugo de naranja
1 medida de *falernum*

Incorpore todo con hielo en el vaso mezclador. Sírvalo en una copa globo adornándolo con una rebanada de piña, una cereza y una sombrilla de papel.

El rum swizzle se nombró la bebida nacional de Bermudas, y es una de las razones para visitar el lugar, aparte de las paradisíacas playas que ofrece a los turistas. En 1933, en una revista de viajes, explicaban que este trago ofrecía más el sabor de Bermudas que cualquiera de sus cocinas o muestras culturales. Desde el siglo XIX ya aparece en referencias culturales y gastronómicas de la región caribeña.

El gran secreto es el falernum, *un sirope usado por las bebidas tropicales, que contiene los sabores de almendras, jengibre, especie, clavo y limas, tanto como la canción de Harry Belafonte,* The banana boat song.

Lo típico de tener un cuarto en Los Flamingos, en pleno Festival de Acapulco, es que nunca sabes quién puede llegar a visitarte. Ya habían aparecido muertos, matones y cubanos. Mas siempre uno puede esperar grandes cosas como marcianos, mutantes o el fantasma de James Dean.

Esa húmeda noche parecía que tendría una visita más. Antes de entrar a mi habitación escuché ruidos. Supuse que si la luz estaba encendida, era porque alguien la necesitaba. Deseché el fantasma de Dean. Él brillaba por sí mismo, nunca hubiera necesitado una bombilla.

Me detuve en la puerta maldiciendo a los dioses que parecían reírse de mí. Consideraban que no había estado lo bastante movido y me la endulzaban todavía más. Saqué mi Colt. Le quedaba solo un disparo desde el tiroteo en la carretera. Había olvidado cargarla. Mis balas permanecían perfectamente guardadas bajo mis calzones, en un cajón de la habitación. Busqué algo con qué sorrajarle el cráneo al extraño visitante. Encontré que un palo de críquet era tan buena arma como mi revólver. Incluso un atún fresco es mejor arma que una Colt con una bala.

Entré al cuarto de golpe. Gritaba como un loco y agitaba el palo de críquet, como si fuera uno de los guerreros hunos de Atila. Esperaba que el factor sorpresa auxiliara. Desde luego ayudó: el intruso dio un alarido y saltó unos dos metros.

—*Fuckin'Sunny!* ¡¿Estás loco?! —dijo Scott Cherris tocándose el pecho al aterrizar de nuevo en el suelo. Le brincaba como una batería de rock and roll. Había que darle un poco de mérito: llevaba un trago en la mano y no derramó ni una gota. Siempre decía que más vale un hijo muerto que una gota de alcohol derramado.

—¿Scott? —pregunté aún con el palo en alto. Deseaba comprobar que no fuera uno de mis enemigos disfrazado de Daffy Duck, con un traje de Scott Cherris. Pero no, en efecto era Daffy Duck al cien por cien, o sea, Scott.

—¿Quieres matarme de un susto? —preguntó bebiendo de su copa y acostándose en la cama. Vestía una camisa remangada, desfajado, y con pantalones de lana a punto de caérsele. En un pie, un calcetín verde. El otro estaba desnudo. Se le veía sus tres pelos de cabellera despeinados y los ojos rojos. Seguramente había tenido que volar. Odiaba tomar un avión. Tenía que emborracharse de tal manera que pudiera dormitar todo el camino. Al llegar a su destino siempre llegaba ebrio. Podría asegurar que eso había pasado, o si no, me dejaría de llamar Sunny.

Y por supuesto, no me llamo así. Ese es mi apodo.

—¿Qué carajos haces en Acapulco, y en mi cuarto? —pregunté arrebatándole su copa para beber un trago. El contenido era afrutado y avispado como él. Se la devolví, y se recostó entre almohadas.

—Te prometí que llegaría. No me puedo perder este jodido festival.

—Llegaste en mal momento... —le dije sentándome a su lado. Coloqué el portafolio debajo de la cama y mi arma en el buró—. La cosa se está poniendo un poco fea. Hoy un cubano me disparó, me pusieron una bomba en el auto y John Wayne me salvó el culo. Creo que... —No pude continuar. Volteé a verlo. Estaba roncando. Un hilo de baba se hacía camino por su barbilla, como culebra.

Me acosté a su lado. Apagué la luz y le dije cariñosamente antes de dormirme:

—Sueña con Ann Margret. Vale la pena.

—¡Hora de levantarse! —oí a lo lejos.

Entre sueños vi a un gran marinero. Era tipo Popeye, puesto que me levantaba con sus potentes brazos. Traté de decir algo, pero mi boca se movía sin decir palabra.

—Un bote nos espera para ir a pescar —dijo Popeye, pero ya no era caricatura. Su voz era tremendamente parecida a la de Johnny Weissmuller—. ¡Tal como lo platicamos ayer, Cherris! ¡Vamos a agarrar un cabrón marlín del tamaño de una furgoneta! ¡Sí, señor!

Era tan increíble lo que escuchaba que le creí por completo a Popeye. Solo en una borrachera Scott hubiera planeado un *tour* para pescar. Abrí mis ojos, quería robarle su lata de espinacas, pero no llevaba nada. Solo su ridículo traje de marinero. Gorra incluida. La gorra de capitán de barco es lo primero que se ponen las estrellas para ir a pescar.

Caminé tres pasos, cual momia, al lavabo. Dejé que el grifo de agua mojara mi rostro. Cuando decidí que había dejado correr el océano Atlántico, me incorporé.

Tenía razón. No era una pesadilla: frente a mí estaba Weissmuller con su mejor sonrisa, vestido de Popeye. A su lado, Scott

Cherris, que trataba de colocarse unos lentes oscuros y beber los restos de su trago. Era deprimente, tanto que hubiera preferido haber pasado la noche en el hospital, aunque eso me hubiera impedido estar con mi pelirroja preferida.

—Esto es un asalto a la razón, Johnny.

—Nada de eso. He pedido que el cantinero vaya con nosotros. Nos va a preparar un «revivemuertos» tan bueno como el que usan los médicos vudús.

—Entonces revive a Kennedy, Lincoln y Washington para que te acompañen... —traté de razonar. No me oyeron. Popeye me arrastró como si fuera una bolsa de basura.

No tenía escapatoria: iríamos a pescar ese maldito marlín.

XXI

Gin Fizz

1 medida de ginebra
1 medida de jugo de limón
1 medida de sirope de azúcar
4 medidas de soda

Agite fuertemente los tres primeros ingredientes con hielo picado. Vierta en un vaso largo y complete con la soda, adórnelo al ritmo de *Walk like a man*, de The Four Seasons, con una rodaja de lima, una cereza y dos pajillas.

El gin fizz se creó en los años veinte, en plena época de la prohibición norteamericana, cuando la ginebra se volvió la bebida de moda. La familia de los fizz es una larga lista de cócteles diversos, entre ellos el tom collins, que siendo específico, debe ser preparado con la ginebra Old Tom Collins, una variación más dulce que la que se consigue comercialmente. A algunos se les agrega clara de huevo para hacer un silver fizz, la yema de huevo para un golden fizz o ambas para un royal fizz. Es una bebida cítrica de verano; al otorgarle la soda, le da un tono espumoso.

Para que pudiéramos movernos, Adolfo, el secretario personal de Johnny y «hacetodo» profesional, nos llevó un elixir. Era un «revivemuertos» que según la biblia sagrada de los cantineros mexicanos era infalible. Yo siempre he pensado que son un grupo de charlatanes, pues no existe pócima mágica para curar el malestar del día siguiente. Mi teoría estaba basada en que hasta la fecha nadie era millonario por ello. Si alguien realmente hubiera logrado obtenerla, embotellarla y distribuirla, sería más rico que Howard Hugues.

Bebí mi trago en silencio manejando el Cadillac. Johnny ese día había comido cotorra parlanchina y nos explicaba cómo ganó las medallas del 28. Scott permanecía encubierto detrás de sus gafas oscuras, seguramente más dormido que despierto. Adolfo sonreía. Solo eso, y lo hacía bien, el chiquillo.

Aparqué el automóvil frente al muelle del club de yates. Un sol trasnochado también gruñía por ser despertado para laborar. Emergía detrás de nosotros con dificultad, por las montañas. Era la hora del pescador: las siete de la mañana. Varios gringos se disponían a tomar su bote y marcharse a mar abierto con la ilusión de capturar un marlín.

—¡Rápido, a abordar, o no llegaremos a tiempo a los buenos lugares! —nos apuró Johnny caminando rumbo a un yate de buena envergadura.

Un marinero subía provisiones y cañas de pescar. Vestía solo unos pantalones cortos. Era tan delgado como una de las cañas. Su piel morena brillaba con el sol naciente. En la proa, el capitán nos esperaba. Un hombre del calibre de un ballenato. Su panza emergía de su camisa abierta. Nos miraba riéndose con sus ojos azul claro. Una piocha de chivo castaña enmarcaba sus carnosos labios.

—¡Capitán Flipper! —le gritó Johnny.

Scott y yo llegamos detrás, arrastrando nuestras cadenas invisibles.

—¡Señor Tarzán, suba… suba! —respondió el capitán en español. Descendió al muelle para darle un caluroso abrazo a Johnny.

Adolfo ya se había metido a la cabina para disponer bebidas y comida. Scott y yo permanecimos parados a la orilla.

—¿Te mareas? —preguntó Scott lastimosamente.

—Mucho… —respondí mirando nuestra embarcación.

—¿Tu padre no es marino?

—¿Y acaso tú eres buen dentista? El tuyo lo era…

—Entonces tenemos problemas.

—Los tenemos —confirmé.

Era patético ser el único surfista de California que al subir a una lancha vomitara cual manguera de presión. Lo perdedor lo tenía en la sangre.

Estábamos a punto de entrar al bote, resignados a nuestra aventura acuática, cuando una voz nos detuvo. Femenina y agradable. Sabía que venía acompañada por esos ojos azules que me fascinaban.

—¡Espérenme! ¡Yo también voy con ustedes!.

—¡Ludwika! ¡Vaya sorpresa! —le gritó Johnny gozoso de verla. El hombrezote salió al muelle para abrazarla. Se veía diminuta ante sus brazos.

—¿No recuerdas? Anoche en el hotel me invitaste... —explicó Ojos Aguamarina.

Volteé a verla. Desperté completamente. Vestía unos pantalones a la rodilla, tipo de pescadores. Blusa que apenas rozaba su ombligo. El cabello miel estaba secuestrado en un enorme sombrero tejido de palma, y los ojos, por sus lentes de montura blanca. En la mano llevaba una bolsa del tamaño de un zepelín. Conociendo a las mujeres, no le había cabido en ella ni la mitad de cosas que deseaba traer.

Accedió al yate con la ayuda de Scott, que le tendió la mano.

—¿También te castigaron sin salir al recreo? —preguntó mi amigo.

—Vaya, no sabía que los graciosos vinieran en pares... —repuso coqueta Ojos Aguamarina subiendo a la barcaza.

—¿Conoces a esa lindura? —me preguntó Scott al oído, relamiéndose con la vista de su trasero. Yo le respondí lo suficientemente alto para que ella escuchara:

—Sí, yo la vi primero. Es mía.

Scott me miró con cara de gato pícaro. Sabía que me interesaba y me lo haría pagar con sangre. El viaje iba a ser un infierno.

El bote salió de la marina de Acapulco cuando el círculo del sol se desprendió de las montañas. Una cálida brisa alimentó el día. El capitán era un viejo conocido de Johnny Weissmuller. Era común que sirviera como guía para las estrellas. Subí con él al mando, para que el aire me diera y olvidara lo mareado que ya estaba. Me narró que venía de los altos de Jalisco, de una familia italiana. Un día conoció Acapulco, y aquí se quedó. No pregunté por qué el apodo del insoportable delfín de la televisión, ya que tenía más parecido a la ballena de Pinocho. El hombre era agradable y de humor ligero. Incluso se reía como un Santa Claus tropical ante los chistes tontos de Johnny.

—¿Vamos muy lejos? —pregunté al capitán.

—Pescamos a tres u ocho millas de la costa, dependiendo de la distancia a que se encuentre el agua azul. Es donde el pez vela acostumbra comer. Lo hacemos troleando todo el tiempo —contestó el marino cerrándome el ojo como si fuera este el secreto mejor guardado. Pescadores a fin de cuentas. No mentían, solo sobreexponían las verdades.

—¿Y tanto problema por un pez con complejo de esgrimista?

—Compadre, la pesca de agua profunda es todo un evento. Es la mejor manera de sentirte hombre. Una incomparable experiencia. Podemos sacar cualquier cosa: dorado, marlín negro, blanco, azul y rayado o el tiburón, especialmente el sarda, el martillo y el zorro. Puede ser el pez vela, los róbalos, el atún de aleta amarilla, el durango, los pámpanos y los barriletes, un gallo o, ya de perdida, una pinche chora.

Después que me recetó todo el ecosistema alimenticio de la fauna acuática, sonreí como un tonto. Divisé el horizonte, disfrutando el paisaje. Era un amargado al quejarme. La vista era radiante. La bahía de Acapulco se iba reduciendo mientras avanzábamos por mar abierto. Las olas que rompían en la lancha orquestaban un ritmo de paz. Empecé a sentir una sorprende comunicación con la naturaleza.

Me asomé a la parte trasera del yate. En la silla de pesca, Johnny Popeye permanecía sentado con una caña en mano, bebiendo una copa. A su lado, Scott, que escuchaba sus aventuras en los Juegos Olímpicos. Ojos Aguamarina le sonreía, divertida. El marino, por su parte, disponía otras cañas. Colocó dos en cada lado de la barca, y otras en lo alto. Las líneas se perdían, tragándoselas glotonamente el mar. Sentí el poder de las olas y la presencia de la inmensidad del océano mientras todos esperaban ansiosos en llegar a ver la preciada presa.

Descendí con Johnny. Adolfo me entregó una nueva bebida,

un Gin Fizz que me supo a gloria. Lo bebí de buen gusto, aun para ser tan temprano. Johnny y Aguamarina platicaban. Las que une a los habitantes de Beverly Hills: fiestas, cine y divorcios.

—… entonces tu padre me dijo que debía escoger entre ser un campeón olímpico o vivir una deliciosa pesadilla al casarme con Lupe Veles. Como doctor era bueno, pero era mejor como profeta. Opté por Lupe y ya ves cómo me fue.

—Heidi me platicó que te declaraste a Lupe con el león de tu tercera película de Tarzán.

—¡Vaya día! Se me ocurrió llevarle el anillo, en ese entonces manejaba un deportivo descapotable. Había bebido unas copas para tomar valor y me puse a jugar con el león que actuaba en la cinta. Era como un cachorro, se tumbaba ronroneando y le rascabas la panza. Se me hizo muy sencillo subirlo en la parte posterior del auto, manejar hasta la casa de Lupe, tocar el timbre y proponerle matrimonio. Ella me preguntó que si había llevado el león para que en caso de que me dijera que no se la comiera…

—Creo haberlo leído en el *Vanity Fair*… —masculló Scott.

—Eran buenos tiempos. Todo Hollywood se conocía. Ibas a jugar golf, y estaba Bogart o Cosby para apostar. Llegabas al bar del hotel Beverly Hills, seguramente encontrabas una cara conocida. Era una gran familia. Los domingos nos reuníamos para que los niños jugaran… ¿Lo recuerdas, Ludwika? ¿Tú y Heidi? Ustedes eran íntimas.

—No mucho, Johnny. La verdad es que ustedes jugaban golf, bebían y daban entrevistas. Nosotros nos quedábamos con las nanas —respondió con dureza.

Johnny bajó el rostro.

—Tienes razón. No creo haber sido un gran padre. Heidi se merecía algo mejor —murmuró adolorido.

Ojos Aguamarina se levantó y le dio un beso en la mejilla.

—Ella me dijo en la escuela que tenía al mejor. Me presumía diciendo: «¿Quién del resto de la gente tiene a Tarzán como papá?». En nombre de ella, donde quiera que esté, te digo que te quiere.

Podría ser solo el brillo del sol, pero aseguro que vi dos lágrimas en los ojos de Tarzán. Al apartarse de la estrella de cine, Ojos Aguamarina se llevó una melancólica sonrisa. Tomó su toalla para acostarse a broncear en la cubierta de la proa del yate.

133

Durante unos diez minutos, todos permanecimos en silencio, solo el motor del bote estaba ronroneando. Johnny movía la caña, buscando atraer a una presa. Scott bebía. Y yo pensaba que Weissmuller era el hombre más afortunado del planeta y, a la vez, el más desdichado. Una paradoja que solo sucedía en Cinelandia.

—¿Cómo llegaste a Acapulco, Johnny? —le preguntó Scott.

—En la RKO filmé *Tarzán y las sirenas*. Me gustó y me quedé. Pero ya estaba enamorado de este lugar. Mis compinches y yo veníamos a disfrutar del sol, jugar golf y días como hoy. Me siento parte de esta ciudad.

—Desde luego… Como los clavadistas de La Quebrada —traté de ser sardónico.

—¡Claro! Déjenme platicarles una historia: un día decidí ir a La Perla, para beber una copa y ver a los clavadistas de La Quebrada, pues ellos aparecían en el filme. Conocí a Raúl Chupetas García, el líder de los catorce clavadistas que se lanzan cada noche. Es una locura, si llegasen a fallar, terminarían en pedazos. Platiqué con ellos y me invitaron a lanzarme también. Me explicó que el secreto era contar las olas, pues necesitabas calcular el tiempo desde que te lanzas hasta que te hundes. Tiene que ser cuando la rompiente pasó y cubrió las piedras. En general, son siete cortas y una grande —narró Weissmuller con sus ojos brillantes, emulando sus años de gloria.

—Estábamos listos. Yo arriba del risco con ellos, y los ejecutivos de mis películas de la RKO gritándome que estaba loco, que descendiera de inmediato…

—¿Te aventaste? —preguntó Scott intrigado.

—¡Claro que no! Uno de los productores me dijo que si lo hacía, romperían mi contrato. No deseaban un Tarzán paralítico. Así que me limité a pararme en el pretil de la plataforma y les regalé mi grito.

Al terminar de narrar su anécdota, se levantó y soltó el afamado grito. Gaviotas y pelícanos huyeron. Johnny regresó a su pesca, complacido.

—He hecho cosas más peligrosas que eso: me he casado cinco veces.

Dejé al actor y al productor que intercambiaran anécdotas de estrellas y filmaciones. La gente del medio sacaban nombres en sus pláticas como si fueran naipes en el póquer. Mi labor siempre era estar limpiando las colas de ellos, por eso no me interesó escucharlo. Me quité mi camisa y me quedé en bañador. Me fui junto a Ojos Aguamarina a disfrutar del sol en la tarima de la proa.

Al acostarme a su lado, ella ni siquiera volteó. Su rostro divisaba la gran masa de agua. Estaba chapeada por el sol y sus pecas brillaban. Bebía una copa de gin, con limón, y ginger ale colocado con gotero. Súbitamente señaló hacia donde tenía clavados sus ojos. Observé con detenimiento. Entre las fodongas olas de alta mar, sobresalía un lomo. Era una tortuga marina. Nadaba tranquila, cargando su centenar de años, esperando encontrar una playa con un mundo mejor. Yo sabía que era una idealista, pues no lo haría. Estábamos condenados a vivir el que teníamos.

—¿Te gusta el mar? —me disparó ella.

—No lo sé, me atrae. Supongo que ha de ser de familia. Mi padre está en la marina —respondí recargando mis hombros en la cubierta—. Sé que no podría vivir lejos. Es la única cosa segura en mi vida. Aún en mi peor día, estará ahí. El surf es una manera de mantenerlo cerca.

Ella se giró, para verme directamente la cara, y así ofrecerme su espalda salpicada de esas deliciosas pecas que me hubiera gustado comer como botana.

—Es extraño que te atraiga el surf. No eres un rubio bobo adolescente.

—Cuando llegué a vivir con mi padre a San Diego, mi vida era un infierno. El montar una tabla me hacía pensar. Me daba tiempo para reflexionar. Deberías tratar de hacerlo, es más relajante que un Valium —admití con un gesto pícaro.

Ella lo tomó bien y me ofreció la vista de su escote del traje de baño.

—No es mi religión. Prefiero la lectura. Soy un ratón de biblioteca.

—Eso sí que es una sorpresa.

—¿Por qué? ¿Acaso crees que una chica de Los Ángeles no puede ser una intelectual? No me juzgues por la fachada, no tienes idea de quién soy realmente —comentó recia.

Supe que no era una pieza delicada como *Rusty* Ann Margret, que necesitaba compañía si Elvis la dejaba. Ojos Aguama-

135

rina seguramente hubiera castrado al Rey del Rock si la hubiera dejado plantada. Tenía dientes y mordía.

—Vaya, una piñata de sorpresas. Le pego y saldrán premios.

—Inténtalo, quizá las sorpresas no te gusten —respondió retadora, despojándose de sus lentes para clavarme sus ojos índigo.

—No necesito hacerlo. Sé que eres dura, a pesar de tu código postal, primor.

Ella me confrontó con la mirada. Tomó su copa para beberla. No la dejé. Le quité su vaso y me lo bebí hasta al fondo. Se lo devolví solo con los cadáveres de los hielos.

—Eres un bruto… Me gustas.

—Aunque vivimos en la misma ciudad, nuestros mundos son distantes.

—¿Acaso crees que una princesa de Bel Air no puede voltear los ojos a un *beatnik* de Venice Beach?

—Quizá solo para una noche de copas o una fiesta alocada. El pedigrí siempre llama.

Ella torció la boca en un gesto al escuchar mis palabras. Desde luego estaba siendo sarcástico. Mi intención era molestarla para vengarme de su desplante anterior. O sería porque los hombres somos unos imbéciles en la danza de apareamiento. Pero Ojos Aguamarina resultó ser más dura que yo. No picó el anzuelo.

Se montó en mí sorpresivamente, cruzando sus brazos por mi cuello. No solo me besó, sino que me llevó a un viaje de lujuria que casi hace estallar mi cerebro. Era más que una buena bebedora. Era una profesional en el negocio de besar. Diplomada, especialidad y doctorada.

Se apartó y terminó su acto con un delicado beso en mis labios.

—¿Qué fue eso? —pregunté mareado.

—Eso fue el pedigrí mandándolo al diablo.

Ojos Aguamarina se levantó de la proa y se colocó su toalla. No dejó de mirarme en ningún momento. Cuando se aseguró de que me había clavado el veneno del deseo, borrando cualquier vestigio de mi encuentro con Ann Margret, se pasó al interior del yate, sin decir nada.

Me quedé mirando el mar. Un par de gaviotas pasaron planeando en busca de un botín que robarnos. La costa se veía lejana, consumida por una ligera bruma.

—¡Picó! ¡Lo tengo! —oí al otro lado.

Me levanté y fisgoneé. Johnny luchaba con su caña, que se doblaba como una onda. Si había algo del otro extremo, debía de ser un monstruo marino. Scott corría de un lado a otro, gritando de felicidad. Adolfo y el marino preparaban punzón. El *show* comenzaba. Me quedé sentado observándolo, como si fuera espectador de primera fila.

Johnny luchaba tratando de reunir el hilo del carrete. Luego lo dejaba ir, para que no se rompiera. Regresaba de nuevo al jaloneo: era un guerra física entre el hombre y el pez. Scott tomó su cámara de fotografías y decidió soltar todo un rollo en el evento.

Sin previo aviso, a pocos metros del yate, como un relámpago que emerge del mar, salió brincando el marlín agitándose como chicote. Era una enorme masa de músculos en azul brillante, coronada en ese enorme punzón que asemejaba un florete. Su cresta era un abanico de espejos que el sol, celoso, centellaba. Me impresionó el tamaño y la valentía con la que golpeaba el agua para deshacerse del anzuelo. Era un luchador, un gran luchador.

Reflexioné en lo que el cubano me dijo, sobre que yo no era alguien que peleara, solo un don nadie. Ese enorme pez me estaba mostrando que no se iba a dejar dominar por Tarzán. Era una cátedra de cómo sobrevivir.

137

Me encaminé a mis cosas, que llevaba en el maletín. Saqué el objeto. No soporté más ver luchar al pez y lo hice. Un disparo sonó a solo una palma de Johnny. Retumbó como un rugido por la inmensidad del mar. Weissmuller, asustado, soltó la caña, que se voló al agua. Cuando el eco desapareció, todos voltearon a verme. Yo permanecía con mi Colt humeante.

—¡¿Estás loco?! ¡Hiciste que lo dejara ir! —gritó molesto Johnny.

Con calma, guardé mi arma de nuevo. A unos metros de la barca, volvió a saltar el enorme pez. No era necesario agradecérmelo, pero fue reconfortante verlo brincar.

—Ese no, busquen a otro —respondí metiéndome a la cabina desde donde Ojos Aguamarina me observaba.

Johnny volteó a ver Scott, que, sin poder dar una explicación coherente de mi acto, se limitó a levantar los hombros.

Ojos Aguamarina cerró la puerta de la cabina del yate apenas entré. Me jaló hacia ella, continuando lo que habíamos comenzado arriba. Esta vez decidí tomar la batuta. La aprisioné en la pared mientras la besaba. Ella se colgó de mí, cruzando sus piernas por mi trasero. Bajó de golpe mi traje de baño y yo la ayudé a despojarse del suyo. Las pecas brincaban de gusto al mostrarse frente a mí.

Lo siguiente fue tan bueno como la pesca de ese día, mejor aún. Y eso que Johnny pescó un enorme mahi-mahi de campeonato.

XXII

El Diablo

½ medida de tequila blanco
½ medida de casis
1 medida de ginger ale
Rodajas de limón amargo
Hielo

Coloque el limón en un vaso largo y macháquelo con el mortero de madera o, en su caso, exprímalo. Sirva abundante hielo y añada las bebidas. Mézclelo con una cucharilla.

Aunque esta bebida se ha puesto de moda últimamente, fue creada en 1940. De seguro tuvo como cuna la ciudad de Mérida, en la península de Yucatán. Se publicó en una revista de viajes por primera vez como Mexican el Diablo, y al parecer existía una versión original a base de ron. Su nombre, desde luego, fue otorgado por el brillante rojo que consigue el vaso debido al casis. Es una bebida excelente para una fiesta en la playa, con sabores frutales que se mezclan con el agave e invitan a bailar en la arena con Louie Louie, de The Kingsmen.

Llegamos al hotel Los Flamingos, Johnny, Scott y yo, acompañados de nuestras sendas borracheras. Quizá yo un grado menos. Eso significaba que vomité más, por lo que quedaban solo cien litros de alcohol en mi cuerpo.

Nos sumergimos en la piscina para quitarnos el sudor y las risas tontas. Durante un tiempo jugamos como chamacos, aventándonos agua. Al juego se nos unió la tribu de pilluelos de mi querido compañero de viaje, quien se derretía debajo de la sombra y comía un helado triple mientras su esposa leía una revista.

Habíamos salido del barco en un amigable estado de compañerismo alcohólico. En el camino del muelle, Weissmuller me había abrazado cariñosamente, remoliéndome los órganos internos, y me había aconsejado que fuese al fondo del asunto. En ese momento miraba el escote de Ojos Aguamarina. Esperaba que se refiriera a ese asunto, pero supuse que se trataba más de sus líos.

Johnny se fue a recostar a una tumbona. En un abrir y cerrar de ojos, roncaba babeando sobre una toalla. Ojos Aguamarina estaba harta de nuestros juegos masculinos, pues los hombres podemos ser realmente una piedra en el culo cuando nos sale lo gamberros, y eso es cada dos horas. Se despidió y fue a su habitación para arreglarse. Exhibían la película rusa que ella deseaba ver en el festival. Pregunté por qué deseaba ver una película rusa, si era como un matrimonio de veinte años: largo, sin sexo y aburrido. No se rio.

Scott se quedó a mi lado, como en los buenos tiempos en Santa Mónica, donde amanecíamos bebiendo y mirando cómo los gavilanes cazaban gorriones.

Llegaron a nuestro lado un par de margaritas. Era la parte que me gustaba de la vida de un productor de cine: ser todopoderoso.

—Sunny, en realidad he venido aquí a despedirte —me explicó mientras se bebía la copa.

—¿Perdón?

—Recoge tus cosas. Tienes año sabático, fin de la tarea... —expuso seriamente. No había rastros de canario, ni de gato, ni de pájaro loco. Era todo un cabrón productor hablando.

—¿Hice algo mal?

—Aún no lo sé, pero solo se trataba de cuidar de Weissmuller. Por lo que me contaste, en tan solo tres días hay muertos y tu amigo está en el hospital. Eso no debió salirse de las manos para ser únicamente una «obra montada».

—¿Obra montada? ¡¿De qué carajos estás hablando, Scott?!

Scott se puso sus lentes oscuros y se recargó en el pretil de la alberca, dejando que el sol acapulqueño terminara su bronceado californiano. Acababa de bajar mi embriaguez con sus palabras.

—No hay ningún programa de televisión de Congorilla. Es una fachada para que la CBS y la NBC crean que esa era la carta fuerte de la cadena American Broadcasting Company. A nadie le importa ya Weissmuller. Queríamos desviar a sus espías de nuestro proyecto para que no nos ganaran la partida…

—¿Y Julius Schwartz?

—Solamente me estaba recomendando a un amigo, Doug Windley, que sería el director de arte del proyecto. No te enfades, verás que tendrá mucho que ver con las historietas que te gustan. Será una serie de aventuras que sucederá en lugares exóticos, con un toque de James Bond.

—¡Eso costaría una fortuna!

—Por eso lo haremos caricatura: se llamará *Las aventuras de Johnny Quest*. Windley hará el diseño, y los estudios de Hanna-Barbera se encargarán de las animaciones. Éxito seguro. Le agradezco a Johnny que sirviera de inspiración, pues antes se llamaba *La saga de Chip Baloo*. Le pusimos Johnny en su honor.

Quedé en silencio mirando el frente, hacia el mar. Un par de gaviotas volaban en búsqueda de basura de los turistas. Hollywood era el rey de la manipulación. La información te daba poder; su falta, también. No podía culpar a mi amigo. Era su trabajo y lo hacía muy bien.

—¿Lo sabe Johnny? Le vas a romper el corazón…

—Lo sé. Le vamos a pagar una parte, y quizá le ofrezcamos la voz de uno de los personajes. Pero no puedo asegurarlo. El tipo está acabado, nadie lo quiere. Su próxima esposa es problemática. Nadie desea tratos con una perra de peso completo. Menos una perra de Beverly Hills.

—¡Carajo, Scott! —Solté con tufo alcohólico. No entendía cómo había caído en su juego: si me emborrachaba, era para decirme algo que no me gustaba. Siempre lo hacía.

—¿Y el maletín? ¿Y los muertos?

—No son nuestros. Quizá Johnny, en efecto, está en líos con la mafia, por eso lo sacamos de la jugada. Averigua qué es el McGuffin y sabrás que está detrás.

—¿McGuffin? —volteé a verlo con cara de símbolo de interrogación.

Scott simplemente bebió su copa con la ligereza de un borracho o de un filósofo chino.

—El nombre se lo puso el buen tío Alfred Hitchcock. La verdad, no tengo idea de qué demonios significaba o de dónde lo sacó. Pero decía que era importante para una película. Es el objeto preciado de los personajes y clave para que el argumento avance. Decía que carecía de importancia para la trama, pero que era el motivo de esta, que otorgaba el «suspense».

—¡La vida no es una jodida película, Scott! La gente muere realmente.

—Es Hitchcock. Es como si Dios hubiera hablado. Yo le creería. Una vez que comí con él, me dijo: «En historias de rufianes, siempre es un collar, y en historias de espías, siempre son los documentos» —soltó con calma de profesor de la Universidad del Sur de California. Por alguna extraña razón, sonaba convincente y bastante realista—. En *Los 39 escalones*, es la fórmula secreta del mago circense. En *Ciudadano Kane*, es el trineo Rosebud. En *Las minas del rey Salomón*, es, desde luego, el tesoro.

—¿El maletín? —pregunté. Mis ojos descansaron en mi compañero, que seguía esposado a mi lado.

—Medio millón de dólares podría ser un buen McGuffin.

—Sería un cliché… —tuve que admitir. Era tan sencillo que era una coladera con hoyos por todos lados. No había duda de que medio millón de dólares era un buen McGuffin. Hasta el buen tío Alfred hubiera hecho un filme sobre él. Empezaba a odiar a mi compañero. Tenía más posibilidades de ser estrella que yo—. Pero tú dices que al final carecía de importancia.

—Sunny, eres mi amigo. Prefiero que sigas vivo, el maletín no importa.

Me acababa de arrancar una lágrima. Era un endiablado desgraciado, pero era mi mejor amigo. No lo abracé. Eso no lo hacen los compañeros de parranda. Serví otro trago y brindamos.

Salí de la piscina. Él volteó a verme, con su cara de diablo detrás de esas dos placas negras que eran sus lentes oscuros. Tenía un gesto tan relajado que me hubiera gustado matarlo para que su cadáver se quedara con este. Los muertos con esa cara de paz son difíciles de hallar.

—Te dejo libre. Desde luego serás remunerado. Yo me encargo de Johnny. Tú sigue el McGuffin.

—Si no llego mañana, llama a papá —dije alejándome, y lo dejé sumergido en la alberca con su gran inteligencia, su cariño por mí y su borrachera de tres días.

—Ni se te ocurra morirte. Tú pagas la siguiente ronda.

Fui a mi cuarto para darme un duchazo. Fue tan largo que me salieron escamas y cola de pescado. Necesitaba un plan. Había exceso de cabos sueltos y me había dedicado a ser un simple espectador. Tendría que arrebatarle las riendas a la vida y empezar a ser quien dictara el guion de la película. Que se cuidara Acapulco: íbamos a romper algunos huevos.

XXIII

Mimosa

3 medidas de champaña o cava
2 medidas de jugo de naranja

Asegúrese de que ambos ingredientes estén enfriados; después, de que se mezclen bien juntos en una copa alta champañera. Sirva en frío, dejando que las burbujas emerjan. Puede dejarse enfriando en hielo, en el exterior.

No hay duda de que mimosa es un cóctel que se ha establecido como símbolo de estatus y posición económica. No existe nada más trendy *que desayunar un* brunch *con Mimosas en un jardín, o abrir una recepción de bodas con esta bebida. Es la perfecta unión del refrescante zumo de naranja y la magnánima champaña fría, que hace las delicias de mujeres de alta sociedad. Los orígenes del mimosa son algo vergonzosos, pues alguien que no gustaba del champaña pidió diluirlo con zumo, en el Ritz de París en 1925. Aunque se asemeje al buck's fizz, que fue introducido en Inglaterra en 1921, es más aceptado su origen francés por su romanticismo intrínseco y porque, a diferencia del fizz, no lleva granadina.*

El nombre viene de las flores de la planta de la mimosa, amarillas y de aspecto espumoso. Se sirve tradicionalmente en una flauta de champaña alta, de modo que las burbujas duren más de largo, pero las proporciones exactas de la bebida se discuten a menudo entre los meseros. En general, se acepta el que el cliente disponga. El mimosa no se adorna, como mucho se acompaña con la placentera canción A Summer Song, *de los exitosos Chad and Jeremy.*

Seguir el McGuffin. Esa sería mi meta. Era como un juego de cartas. Uno desecha las que no le funcionan. Y desde luego, se queda con las altas. Blummy era mi carta más alta, al menos la más visible. Aunque el enano no midiera más de metro y medio.

Hombres con ropa deportiva había muchos. Incluso si estos eran unos cabrones ancianos. Se reducía un poco la cantidad a los que eran mafiosos. Y el número se limitaba a uno si era al que le tenía agarrado de las bolas, a quien se las apretaba como si fueran naranjas.

—¡Te voy a matar! —me gritó el viejo.

Apreté más.

—No, ya lo intentaste y no has podido —respondí. El enano movía las piernas ante el dolor. Yo estaba enojado. Cuando lo estoy, puedo ser un hijo de la chingada—. Empecemos de nuevo. ¿Por qué quieren matarme? ¿Es por el portafolio?

—¡No sé de qué puterías hablas! —vociferó adolorido. Alguien golpeaba la puerta del baño. Volteé hacia ella y grité— ¡¿Que no escuchas que está ocupado, pendejo?!

No volvieron a tratar de entrar. Me había esperado a que la naturaleza hiciera su cometido. Mientras le mandaba varias mimosas a Blummy en su juego de backgammon, me limitaba a permanecer en el baño. El viejo aguantó tres copas. Tuvo que venir a mear.

—Luis Posada…

—¿Quién?

—El cubano, a quien mandaron matar con la bomba.

—*Crazy greaser!* ¡No hemos mandado a nadie!

—¿Quién está detrás de esto? Deseo respuestas. Roos se dedicó a limpiar a Weissmuller y él mismo le prestó el dinero. Es ilógico.

—¡Roos no le quitó nada, imbécil! Todo se lo gastó el gigante…

—¿En juego? —pregunté. Aún con el escroto entre mis dedos, Blummy rio. No me gustó.

—Claro que no, Weissmuller no juega. Todo lo gastó en bebida y joyas para su nueva esposa. La mujer es una perra a tiempo completo. Lo ha desplumado totalmente.

—Entonces, ¿por qué alargar la desdicha? ¿Por qué prestarle dinero para que lo siguiera dilapidando? —cuestioné, pero ya no lo hice con tanta enjundia, estaba un poco sorprendido.

—Porque es bueno para nuestros intereses que siga promocionando Acapulco. Ellos lo necesitan.

—¿Quiénes?

—Mis dos jefes: Sam y Miguel. Resulta que te has metido con los grandes.

—¿Tus jefes?

Se limitó a responderme con una carcajada. Solté sus genitales al escuchar los nombres. No eran buenos para mi salud. Nada buenos. El viejo tosió varias veces, pero no dejaba de sonreírme con esa cara de «yo te tengo por las bolas».

—Tarde o temprano te vamos a matar. Tú eres solo un peón.

Me lavé las manos. Me sentía sucio. El enano se reía a gusto, disfrutaba de mi sorpresa. Me las sequé, levanté el maletín y le dije:

—Ahora usted se equivoca: yo estoy jugando cartas y tengo el mazo completo de naipes.

Salí de los baños del hotel Pierre Márquez caminando muy campante. Sin miedo a que alguno de los matones de Blummenthal me matara enfrente de cien reporteros. La mitad de los productores en Hollywood estaban en medio de una conferencia de prensa, promocionaban la película *Zorba el griego*. Me quedé un rato viendo la plática con el equipo de actores y realizadores. Las cámaras de fotografía y televisión apuntaban en búsqueda de una nota. Un joven actor inglés de nombre Alan Bates decía que su papel en el filme y la exhibición de este en la muestra fílmica le habían cambiado la vida. A su lado estaba Anthony Queen, sonriendo como si fuera el dueño de toda la fiesta. No me impresionó mucho, pues, como todo en Acapulco, era una simple careta: Queen actuaba como si fuera un actor norteamericano en el papel de un griego, cuando en realidad era mexicano y se apellidaba Reinas. Aunque sabía que era la misma cantaleta que siempre se pregonaban ante la prensa, los creí. A mí este festival también me había afectado mucho. Y nadie era quien decía ser.

147

XXIV

Pepito Collins

3 medidas de tequila
2 medidas de zumo de limón
1 medida de sirope de azúcar
Soda
Hielo

Coloque el tequila, el jugo de los limones verdes y el sirope en un vaso alto de *highball* con hielo. Remuévalo con el agitador y rellénelo con soda. Decórelo con una rebanada de limón.

Bebida creada en California en la década de los cincuenta, presumiblemente en San Diego, donde abundan los campos de golf, aunque otras versiones hablan de los bares fronterizos en Tijuana, que se volvieron populares durante la prohibición. De la misma California viene el sencillo de 1963 Not me, *por The Orlons.*

Es un hecho que fue en esa época, pues el tequila no era un licor de consumo masivo. Se consideraba bebida de rancheros o peones. Esta receta es una de las tantas variantes de los collins, en la que se cambia el licor base, pero perdura la mezcla de limón, sirope y soda. Cada una ofrece un sabor distinto. La misma receta también se encuentra bajo el nombre de rubén, quizás en honor al cantinero que la creó.

El cuidador del motel La Cabaña de Pepito golpeó la puerta del cuartucho con fuerza. Cada golpe resonó en mi cabeza, rebotando como bolas de boliche en mi cráneo. Los resortes de la cama rechinaron como una vieja vaporera. Antes de levantarme a contestar, me rasqué la espalda. Había sido acribillado por chinches. Abrí la puerta y me encontré con el dueño del motel, que estaba al frente del casino ilegal.

—¡Lleva todo el día y no ha pagado! —gruñó el tipo, que al parecer había dedicado las dos últimas décadas a acrecentar el volumen de su estómago.

—Estaba esperando que las pulgas aprobaran mi sangre. No deseaba decepcionarlas —respondí entregándole un billete de cien dólares.

Sus ojos se iluminaron, se restregó la nariz y se retiró afirmando:

—Mi hotel no tiene pulgas.

No quería sacarlo del engaño. No dije nada ni le enseñé los piquetes. Regresé al cuarto. El maletín seguía dormitando en la cama. Respiraba por el agujero que el cubano me había dejado. Terminé la sesión de rascarme, tomé mis prismáticos, que había traído de Los Ángeles, y me acerqué a la ventana, que daba directo a la calle del Brinquito. Había rentado uno de los cuartuchos para poder vigilarlo. Si Blummy no me había soltado mucho, esperaba que patrullar en torno al casino me diera nuevas pistas para descubrir qué se traían entre manos. Iba por el McGuffin, aunque la mayoría del tiempo me había dedicado a dormir.

Lo que había descubierto es que, al parecer, Cara de Foca, quien ahora se hacía llamar capitán Sandoval, despachaba ahí como si fuera su oficina. No dudaría que lo fuera. Su par de amigos, Extra-Grande 1 y 2, salían y retornaban varias veces como agentes de venta. Al mismo tiempo, llegaban varios autos lujosos, seguramente a perder dólares en una mesa. No juzgaba a esos pobres incautos a los que el Gobierno mexicano había prohibido las casas de apuestas. Así que tenían que hacerlo a escondidas, como adúlteros persistentes.

Observé un rato más. No había más movimiento. Extra-Grande 1 había salido hacía un par de horas. No parecía que fuese a regresar hasta dentro de otro par más. Dejé los prismáticos y me dirigí a la recepción del motel. Era una casa con varios cuartos, dispuestos uno tras otro, que miraban a un patio con un árbol de mango y un pasto que había crecido tanto que estaba a punto de convertirse en un ecosistema completo. El motel era barato, sin muchas más comodidades que el agua tibia y un viejo colchón. En Acapulco no todos los hoteles eran para estrellas.

En la oficina, el gordo se refrescaba con una Coca-Cola. Miraba la enorme televisión en blanco y negro que insistía en ser puras líneas de mala recepción. Un lejano partido de fútbol se desarrollaba a cientos de kilómetros de ahí.

—Deseo hacer una llamada local.

—Son diez pesos —cantó el gordo sin quitar la mirada del juego.

—Con eso podría colocar mi propia línea telefónica. ¡Qué va! ¡Hasta podría hacer una compañía!

—Son diez pesos. —Mismo tono. Colocó su teléfono frente a mí.

No tenía opción. Pensando que al final ni siquiera yo pagaría la cuenta, tomé el auricular. Marqué el número del hotel Los Flamingos. Traté de comunicarme con la habitación de Scott. Al no encontrarlo, pedí que lo vocearan en la alberca.

—¿Scott?

—¿Dónde estás, Sunny? Varias personas han venido a preguntar por ti. Se me acabaron las evasivas cuando dije que fuiste a recoger tu Óscar por la mejor actuación en un dibujo animado.

—Voy detrás del McGuffin. Espero que me tomarás los recados.

—Un tipo de lentes oscuros ha estado rondando el hotel. Raro, alto y demasiado serio para ser del cine. Podría jurar que es extranjero, pero no lo podría probar.

—Es cubano, ¿te preguntó algo?

—No mucho, habló con el gordo de la familia. Le dijo que eras agente secreto estadounidense. ¿De dónde sacó eso?

—Tuve mis quince minutos de James Bond. Te aseguro que será la última vez.

—También tu amiga está preocupada. Me pidió que la avisara si aparecías. ¿Le digo algo?

—¿A Ann Margret? —pregunté ilusionado.

—No…, un momento, ¿conoces a Ann Margret?

Al no responderle, supo que no diría nada y continuó explicando:

—En verdad se veía acongojada cuando le dije que estabas arreglando un problema.

—No digas nada. Ya apareceré.

—Hace media hora también un tipo enorme preguntó en la recepción por ti. Parecía policía.

Ahora ya sabía qué encargo había hecho Extra-Grande 1. Buen muchacho.

—No te preocupes por ese, hay uno más grande. Viene con un político mexicano. Ese no me busca, al menos.

—El festival termina ya. Debemos regresar, Sunny... Olvídate de todo, nos esperan en casa.

Le colgué. No porque estuviera molesto, sino porque desde hacía mucho ya no sabía dónde era mi casa. Me quedé pensativo un momento. Caminé hasta el umbral de la puerta de la oficina y me volví para preguntar:

—¿Conoce a los del brinquito?

—¿A la tira, señor? El dueño creo que es un gringo, pero lo maneja un judicial. Se llama Sandoval. No se meta con él. Es un completo hijo de la chingada —expuso de manera clara.

—Supongo que no debe de ser bueno para el negocio.

—¡Qué va, amigo! Con eso llegan más gringos pedos. Me rentan el hotel para las muchachas del lugar. Mire, las cosas aquí son más calmadas que en la ciudad. La policía nos hecha la mano, y nosotros los apoyamos.

Jugué con el disco del teléfono, pensativo.

—Me pregunto si alguien más le habrá rentado hace tres noches el cuarto. Tal vez extranjero.

El hombre movió la cabeza sacando el labio inferior como si le hubiera hecho una pregunta a un buey. No tenía que esforzarse para dar la imagen de estupidez. Pensé en sacar mi Colt y metérsela por el culo para cobrarme por las chinches, pero la diplomacia era un don único. No deseaba perderlo.

—¿Y otro billete no le ayudará a la memoria, amigo?

—Ayudaría, primo.

—Es bueno saberlo. —Me despedí sin voltear a verlo.

El gordo comenzó a pedirme un billete más pequeño, por hablar. No necesité dárselo. Me estaba confirmando que sí lo había rentado a un extranjero. Ya sabía de dónde salieron los disparos contra mí y el rubio.

Regresé al cuarto. Volví a la ventana. Había un auto nuevo estacionado. Era el mismo de la noche anterior, el enorme Impala color paja, con un rubio escoltando la puerta. Volteaba nervioso, como esperando una nueva lluvia de balas.

El cuarto se veía tan sucio que dudaba de que tuviera limpieza diaria. Esculqué por las esquinas del cuarto. Tenía razón: había una colilla aplastada a un lado de la ventana. Era un cigarro puro cubano Cohiba.

—Hola, amigo —le dije sosteniéndolo entre los dedos. Lo olfateé. Era un aroma que se paladeaba aún. Quizá debería comprarme uno.

Tomé mis cosas, incluido mi maletín.

XXV

Michelada

Cerveza clara
1 rodaja de limón
El jugo de dos limones recién exprimidos
2 golpes de jugo Maggy
2 golpes de salsa inglesa
1 golpe de salsa Tabasco
Pimienta
Sal
Hielo

Se moja el borde de un vaso largo con la rodaja del limón y se escarcha con sal, luego se ponen dentro todos los ingredientes, menos la cerveza, se mezcla y, cuando ya está listo, se agrega la cerveza poco a poco.

En México, la michelada se considera un excelente remedio contra la resaca, por lo que es un compañero idóneo para tomarse en las mañanas del fin de semana. La leyenda de su creación apunta a la ciudad de San Luis Potosí, donde se encuentra el Club Deportivo Potosino; ahí, un socio de nombre Michel Ésper pidió un bloddy mary, el cantinero se equivocó y le puso cerveza. La combinación le gustó tanto que la siguió pidiendo. Ya que la pedía en una copa llamada chabela y con muchos hielos, cosa poco común en la época, los lugareños decían «una chilled en chavela»,o «una chilled de Michel». (Chilled es «congelado» en inglés.) La versión más clara del origen del nombre es que simplemente significa «mi chela helada». Hoy es una de las bebidas más consumidas en México, un clásico como Doo wah didddy, *de Manfred Mann.*

Bajé del casino ilegal por la calle Constituyentes, que descendía del cerro hasta la playa. Pasé al lado del mercado municipal de Acapulco. Dejé atrás las torres de la iglesia de Nuestra Señora de la Soledad, la catedral. Las campanas llamaban a misa. No podía imaginarme quién deseaba ir a ese lugar con 38 grados centígrados y la humedad suficiente para arrancarte diez litros de sudor. Aun así, algunas señoras enroladas en rebozos caminaban rumbo a esta.

Continué mi camino, cruzando la península que cerraba la bahía para emerger directo al océano Pacífico, por la playa Caleta. Necesitaba comer y pensar. Mi estómago rugía como león.

Estacioné el Cadillac debajo de un frondoso árbol al que conocen como Parota y viene en tamaño Texas, Europa y continente africano. Este era el más grande. Algún delicado comerciante le había colgado papel maché picado en las ramas, con dibujos de palomas, corazones y flores. Era monísimo, digno de comérselo a besos y luego escupirlo por intoxicación cursi.

Caminé con mi compañero, el incondicional portafolio, hasta la playa de Caleta. Refugiándome del sol entre las sombras llegué al restaurante La Cabaña. Una gran palapa de dos aguas se abría como fauces. Un par de rehiletes daba vueltas tratando de aclimatar a los comensales. Caminé entre mesas de norteamericanos con lentes oscuros y pieles rojas por el sol hasta una mesa con sombrilla que me esperaba ansiosa en la terraza.

—Buenas tardes, señor —me recibió un mesero con un bigotito tan pequeño y ridículo como una fiesta de quince años.

Me entregó una carta escrita a mano donde los precios estaban resaltados con rojo. Los nombres de los platillos eran poéticos. Nombres como «Deliciosos tamales de cazón», «Lonja de pescado termidor» y «Auténtico pescado a la talla» se deshicieron en mi boca cual mantequilla en sartén. Mi estómago volvió a gruñir, esta vez como un león a punto de matar a su presa.

156

Pedí una michelada para alejar el calor. Luego recité los platillos que deseaba. El amable mesero tomó nota con rapidez. Con su canturreada forma costeña de hablar se retiró diciendo:

—¡Dentro de un minuto se lo traigo, primo! Va a ver que estará requetebueno y para chuparse los dedos.

Ante esa expectativa, esperé con más anhelo mi almuerzo. Mientras sorbía mi bebida, que no tardó más que telegrama urgente, me dediqué a observar la playa, a los comensales y a los hombres que me seguían en un Pontiac Tempest desde que dejé el brinquito.

Eran dos, pues, como los pastelitos en bolsa y los locos de familia, siempre vienen en pareja. Uno tenía el color de pelo de una sopa de zanahoria Campbell y la cara en forma de lata. Su nariz era un pedazo de maní adosado al rostro. Sus ojos, un par de agujeros oscuros. Raro en un pelirrojo, pues estos siempre usan mirada color claro. El otro era más regular. En tamaño, aspecto y porte. Era imposible ser tan regular. Seguramente había pasado un *casting* para cumplir con expectativas tan altas como la de los agentes norteamericanos.

Miré al pelirrojo y lo saludé con una sonrisa cuando volteó a verme. Pensé que se iba a poner nervioso. El descarado devolvió el gesto. Agradable el tipo.

—Aquí tiene, primo —dijo mi mesero colocando el cóctel de mariscos frente a mí. Era servido en un vaso de cristal en forma de bola. Su aspecto era fresco y rojo, como en la escena de un crimen. En él había gambas, ostiones y pulpo. Todos revueltos en una salsa carmesí. De bisoñé le colocaron cilantro y cebolla picada. Sin duda un crimen de mar—. Espero que tenga una muchachota para después de esto. Es el mejor afrodisíaco.

—Trataré de no pensar las razones, pues huele a mariscos y parece sangre… —le contesté al camarero. Era un chiste guarro, pero éramos hombres. Los machos nos llevamos duro. Rio de buena gana, moviendo su bigotito de arriba a abajo.

—Usted sí que está chafado, primo —soltó entre las últimas carcajadas.

—No se fije, eso le pasa a un guachinango al que se llevan para el otro lado. Perdemos nuestro color.

—¡No, pues por eso me quedo aquí! Para no perder lo picoso… Si me necesita llámeme, primo. —Se perdió entre las me-

157

sas, divertido. Comí de manera golosa el cóctel de mariscos. México tenía compradas las acciones gastronómicas del Paraíso.

Fue cuando me di cuenta de que había otros dos. No habían figurado en mis perspectivas, pues lograban mimetizarse entre la gente. Eran morenos, uno incluso tenía rasgos negroides. Vestían igual, con guayabera blanca y pantalón negro. Pelo rizado, ritmo al caminar y más al hablar. Caribeños, seguramente. Alcé la oreja y oí cómo pedían una Coca-Cola a mi mesero. Sin duda, cubanos.

Decidí que si algo malo iba a pasar, sucedería después del almuerzo. Así que comí sin prisas y hasta bebí una tercera michelada. Al terminar, llamé al mesero. Le mostré la colilla de cigarro que había recogido en la mesa.

—Amigo, ando celebrando un negocio y se me antojó un cigarro como estos. ¿Dónde podré conseguirlo?

Sin responderme salió corriendo a la oficina. Regresó con una caja de madera. La abrió frente a mí. Eran Cohiba, robustos. Olían a lo que huele el buen tabaco: a tierra de libertad y el placer de vivirla. Tomé dos.

—Vaya, nunca pensé que tuviera cubanos.

—¡Ay, primo! ¡Pero si es el negocio! Desde que el Gobierno norteamericano puso el embargo, y los gringos no pueden comprarlos, el Gobierno cubano se ha dedicado a exportarlos a México. Recuerde que nosotros seguimos siendo amigos de nuestros primos de Cuba —explicó ofreciéndome un cortador. Rebané la punta de uno de ellos y lo saboreé en mi boca. Era la mejor manera de terminar un festín. Aunque no era fumador de cigarrillos, algunas veces me gustaba saborear un puro—. Ahora los turistas gringos viajan a Acapulco y pueden comprarlos libremente. El negocio es tan bueno que Cuba tiene un consulado en el puerto.

—¿Como los dos de la Coca-Cola? —pregunté mientras el mesero me ofrecía un fósforo para prender mi cigarro. Le daba un par de chupadas para lograr que ardiera como una buena locomotora.

—¿Esos, primo? No son los del consulado. Se ven como militares, pero no dude que son tan cubanos como su puro.

—Yo tampoco apostaría en contra de eso —comenté mientras me levantaba y le entregaba un billete por la comida y los puros.

El mesero y su bigote brincaron de gusto. Me estiré para espantar el sueño y me fui hasta la mesa del pelirrojo para dejarle uno de los puros en la mesa.

—Son cubanos. Y los andan siguiendo… —le dejé el comentario mientras me veía con ojos grandes. Demasiado sorprendido para ser agente profesional. Parecía demasiado crudo, pero habrá que decir que era educado. Me respondió:

—Gracias.

Salí del restaurante. El pelirrojo no me siguió. Los de las guayaberas sí. Iban a una distancia prudente. Llegué al automóvil, coloqué el portafolio a mi lado y arranqué rumbo al hotel Los Flamingos. Deseaba fumar mi puro con toda la calma del mundo.

Y si se dejaban, pediría un *tequila sunrise* para ir a ver el atardecer.

XXVI

Paradise

5 medidas de ginebra
3 medidas de brandy de *apricot*
2 medidas de zumo de naranja
Hielo

Exprima la naranja para hacer el zumo; esta tiene que ser de pulpa amarilla. Colóquela con el resto de los ingredientes y hielo en el mezclador, agítelo y sírvalo en una copa de martini.

El paradise fue elaborado en el restaurante Houla-Houla, a mediados de los años veinte, en honor a las islas hawaianas, con este nombre. Luego fue rebautizado con el actual, en tiempos de la proliferación de los bares tikis. El fuerte sabor de las bebidas se mezcla con las sensaciones cítricas, con lo que cualquiera que lo prueba evoca las islas que le dieron su nombre. Es considerado martini, pero de sabor afrutado, por lo que está bien ofrecerlo en cenas de verano. Es mucho mejor si se logra servirlo con el zumo de la naranja dulce recién exprimido, y acompañado por el requinto de The Ventures tocando Walk, don´t run.

Así fue como llegué a ese atardecer que tenía tal letanía de colores; parecía que el pintor celestial había bebido tres tequilas más que yo. Y aseguraba que le cobrarían el exceso de rojos y amarillos.

Mientras un viento fresco disolvía el humo de mi cigarro Cohiba, el cual fumaba en la terraza del cuarto en el hotel Los Flamingos, pensaba en los sucesos de este alocado trabajo en Acapulco. Había armado un complejo rompecabezas en mi mente. Me faltaba una única pieza: el McGuffin. ¿Por qué querían el dinero? Entonces fue cuando me llamaron a la alberca con gritos de auxilio e interrumpieron mis pensamientos.

Ahí encontré a todos sorprendidos, mirando al centro de la alberca en forma de mancha de sangre, al cuerpo que flotaba con los brazos abiertos y la cabeza sumergida.

—Sunny, está muerto —me dijo Scott Cherris ante la desgarradora imagen de Johnny Weissmuller, que emergía como rama seca.

—¡En la madre! Se me murió Tarzán —solté sin pensarlo.

Ambos nos miramos con cara de idiotas. No puedo asegurar que la mía lo fuera, pero la de Scott sí lo era al cien por cien. Simplemente supuse que la mía no era mucho mejor.

Ya que al parecer nadie haría nada mejor que sorprenderse, decidí tomar las cosas por mi cuenta. Solté mis zapatos en un movimiento rápido, digno de un surfista experto. Y el clavado que continuó no fue nada malo tampoco.

Nadé hasta Johnny, braceando a gran velocidad. Crucé mi brazo por su cuello y lo jalé hacia una orilla, esperanzado en que Scott y Adolfo despertaran de su estado de petrificación. Al llegar al extremo, los tres tratamos de sacarlo como si rescatáramos una ballena azul del mar. Weissmuller era tan pesado como una plataforma petrolera.

Salimos de la alberca. En un tronar de dedos ya estábamos rodeados de mirones, con sus inaguantables caras de preocupación y murmullos de terror. Me monté encima del cuerpo marchito de Johnny, ilusionado en sacarle el agua de los pulmones. Traté de escuchar algún signo vital: pulsaciones, respiración o una plática metafórica sobre la insoportable levedad del ser humano en su paso por el mundo. Ninguno de los tres tenía. Ni siquiera esa interesante disertación.

—¡¿Qué sucedió?!

—Lo siento, Sunny, por la mañana hablé con él sobre la producción. Le expliqué que habíamos cancelado el proyecto, que el canal televisivo nos había quitado el financiamiento.

—¡Eso no fue lo que me dijiste! —grité molesto. Traté de tomar aire, mucho aire. Le apreté la nariz con los dedos y puse mi boca abierta en los labios de Johnny Weissmuller.

Entonces apareció el puño. Este se aproximó hasta mi cara, rozó mi mejilla y siguió por el aire mientras atropellaba mi oreja, que dolió mucho. Tuve suerte de que no me golpeara el rostro. Lo hubiera deformado como un aguacate maduro.

—¿Qué... haces...? —balbuceó.

Yo estaba levantado, con las manos en mi oído, gritando de dolor. Lo miré con ojos de ametralladora. Los hubiera disparado si en verdad estuvieran cargados. Me ardía terriblemente la oreja.

—¡Trataba de revivirte! ¡Te iba a dar respiración de boca a boca!

—No tocarme... A Tarzán no gustarle los hombres...

Trató de levantarse. Adolfo le ayudó para que se sentara. Al lograrlo, como si de un volcán se tratara, emergió de su estómago un gran eructo que olía a alcohol rancio y acidez. Fue tan hediondo que logró apartar a los mirones.

Un *bartender* del hotel se apiadó de mí y me entregó un trapo con hielos para calmar el dolor del golpe. El resto de los presentes estaban alrededor de Johnny, auxiliándolo para levantarse.

—¿Está bien? —pregunté mientras bebía un nuevo tequila-sunrise que el mismo cantinero me había traído.

Scott llegó a mi lado, no solo se sentó en un equipal junto al mío, sino literalmente se desplomó en él como un costal.

—Estaba tan ebrio que se quedó dormido en la alberca —explicó con la cara aún en blanco papel. Algún escritor la hubiera podido usar para escribir en ella su nueva novela.

—¿Dormido? —confirmé.

—Así es. El desgraciado es un tronco. Podía haber permanecido ahí toda la noche, boca abajo en la alberca, y seguir como si nada. Por algo es Tarzán...

Miré a Johnny, que se estaba poniendo su bata con ayuda de un joven asistente. Tenía el cabello mojado y revuelto. Una flor de jacarandá permanecía entre su tupido pelo. Aunque los ojos estaban inyectados de sangre, en ellos se veía más resistencia que el circo romano. Y este se estaba cayendo cual castillo de arena.

—¿Estás bien, *kid*? —me preguntó.

Solo respondí con un gesto, todo sonrisa agridulce. Tarzán se postró ante mí. Me tomó del brazo y me levantó de un jalón. Yo volé por el aire cual cohete *Apolo*.

—¡Amigos, un aplauso para este joven que me ayudó! ¡Sunny Pascal! —gritó abrazándome.

Una cámara fotográfica soltó un destello para capturar el momento. No creo que se me viera bien, totalmente mojado y con un golpe en la oreja.

Los aplausos se elevaron. Todos los presentes me los ofrecían. Johnny Weissmuller sonreía y saludaba con la mano que no me tenía apresado a su lado. El murmullo de los aplausos me acarició el ego. Fue bello.

—¿Lo sientes? Es lo mismo… —me murmuró al oído.

Yo sabía que se refería a mi pregunta sobre ganar una medalla olímpica. Admito que era una sensación dichosa. No acostumbro recibir ovaciones, sino más bien balas, golpes y también traiciones.

Me soltó. La gente lo rodeó de nuevo y apareció esa sonrisa especial que lo llevó a la cumbre. Yo tuve mi dosis de fama. Resignado, fui a mi habitación para cambiarme la ropa mojada y revisar que el maletín con el dinero no estuviera haciendo una fiesta privada. Scott me siguió a una distancia suficiente para no golpearlo. Desde luego que deseaba hacerlo.

—Lo siento, Sunny. No tuve corazón para decirle la verdad. El tipo es bueno en cada centímetro de sus dos metros.

—Yo también lo soy en mi metro sesenta, y nunca me mientes así —gruñí molesto. Claro que después recordé que sí me había mentido. No rectifiqué, pues al menos el punto estaba entendido.

—Es que es Tarzán…

—No, en eso se equivocan todos. —Me detuve para señalarlo con el dedo. Deseaba que quedara claro—: No es Tarzán. Es un deportista olímpico que hizo el papel de Tarzán. No le sigan el juego, al final terminará creyéndolo, encerrado en un manicomio y lanzando su grito de selva…

Scott se quedó parado, frío.

—Eso sí fue rudo.

—El mundo lo es. Alguien debe bajarse de este barco y gritarle que no es actor, que solo ha hecho tres papeles en su vida: Tarzán, Jim de la selva y Johnny Weissmuller.

—El tipo es un capullo. Sunny, los actores van a ser marcas registradas, y las productoras tan poderosas que podrán comprar países. Queda tan poco de inocencia en Hollywood que debemos hacerla perdurar.

Dejé que Scott recitara su conmovedor discurso y continué mi camino hacia la habitación.

—Pues entonces mét, mételo en un frasco —rematé.

Me despojé de la ropa húmeda, incluyendo los calzoncillos. Busqué un par de pantalones nuevos y una guayabera limpia. Opté por la de color negro. Scottt permanecía en el umbral, recargado en el pretil, y me seguía con la vista.

—Olvida todo, Sunny. Regresemos a Los Ángeles. No es nuestra tierra.

—Gracias, camarada —repuse en un tono más pasivo—, pero esta es mi tierra…, no México, sino el andar entre hijos de la chingada. Si no termino las cosas, ellas terminarán conmigo.

—Al final no cambiará el mundo.

—Lo sabemos, pero alguien debe intentarlo…

Terminé de abotonar mi camisa. Volví la cara. Al lado de Scott estaba Johnny, en su bata. No sonreía.

—Vine a darte las gracias personalmente. Me salvaste —dijo el gigante con su voz de muchacho.

Levanté los hombros mientras me colocaba el portafolio de nuevo en las manos.

—No debería. Nunca estuvo en peligro. Usted es demasiado buen nadador para terminar ahogado. Sin importar que estuviera ebrio.

—Nunca corrí peligro. Venía a agradecerte por ayudarme en mi problema —admitió Weissmuller mientras llegaba hasta mi lado—. Me voy a casar con Maria, *la Condesa*. Dios sabrá si estoy haciendo bien, pero será mi mujer. Y lo que menos necesito es llegar al juez debiéndole dinero a esa gente.

—Johnny, no sé qué te habrá dicho Scott, pero te seré franco: la cosa no ha mejorado. Hay algo más grande detrás de todo.

—Estoy seguro de que vas a hacer lo correcto, y te lo agradezco. Me regreso a Florida mañana. Acapulco me está matando.

No dijo más. Ni siquiera un apretón de manos. Volvió sobre

sus pasos y salió de mi habitación. Me mordí el labio. Me molestaba ser yo, pues era el único que no creía en mí. También me molestaban muchas otras cosas, pero la lista era interminable.

—Voy a necesitar que llames a alguien para que me reciba —expresé pensando en voz alta—. Vamos a arreglarlo de una vez por todas.

Scott alzó su ceja, con esa expresión de gato a punto de salir corriendo. Pero no podía huir: Tarzán nos lo había pedido.

XXVII

Bandera Mexicana

1 medida de tequila blanco
1 medida de crema de menta
1 medida de granadina

En un vaso tequilero, vaya colocando cada ingrediente con ayuda de una cuchara, para que no se mezclen, siguiendo el orden: granadina, crema de menta y tequila, al compás de Elvis Presley cantando *México*.

El trago es un shot, *o trago corto, para tomarse en un solo tiro. Se creó para la celebración del Cinco de Mayo, en el hotel Caletas de Acapulco, que aunque no celebra la fecha de independencia mexicana, y sí el triunfo de la batalla de Puebla contra los invasores franceses, en los Estados Unidos se ha tomado como insigne de México. A tal grado que los presidentes estadounidenses lo celebran con la comunidad mexicana, como si esta fuera fiesta nacional. La bebida se volvió popular entre los turistas estadounidenses que visitaban el puerto turístico.*

El sol de la mañana alegraba la costa. Pasé cerca de la plaza de toros, descendiendo en una calle que culebreaba hasta la playa. Continué por la Gran Vía Tropical, dejando atrás las playas de Caleta y Caletilla, que estaban atiborradas al tope por turistas de cuerpos lechosos, quienes dejaban que las olas les dieran masajes en los pies. Más allá permanecía dormida la gran isla de la Roqueta, que era asediada por un número inimaginable de todo tipo de pájaros marinos.

Crucé la península tomando la costera Miguel Alemán para emerger al otro lado de la bahía. Pasé por un desfile de tiendas de lujo. Un par de autos Lincoln permanecían estacionados frente a ellas esperando a que sus dueños despilfarraran dólares en anillos de plata. Busqué un lugar dónde aparcar, cerca del club de yates. Había espacio entre un Volvo y una vieja camioneta que vendía cocos fríos. No compré nada, pero le regalé una sonrisa al marchante.

Con el portafolio a mi lado, caminé lentamente por la marina al ritmo del cascabeleo de los barcos que se golpeaban uno contra otro. Un par de pelícanos se lamían la boca mientras de un bote sacaban un gran pez gallo. Los marinos guaseaban mientras lo partían en rebanadas gruesas, listas para asarse en una parrilla.

Continué hasta la casa club, donde había un restaurante de comida de mar. A su lado, tal como Scott Cherris me había indicado, un edificio de cuatro plantas, coronado con una empinada losa inclinada. Entré y subí hasta el tercer piso. Las oficinas estaban detrás de una puerta de cristal y de un guardia de seguridad silencioso e inmóvil. Simplemente enseñé mi pasaporte, y él mismo abrió la puerta.

La sala de recepción era amplia, adornada con carteles de películas mexicanas. Algunas las reconocí, pero otras no. Una trigueña menuda permanecía en un rincón, detrás de un escritorio negro. Demasiado alejada para que alguien pudiera meter mano, pero también para poder entablar una conversación. Estaba frente a un conmutador telefónico con un par de luces rojas que parpadeaban.

Coloqué una de mis tarjetas en la superficie de la mesa. Al ver que ella no podría alcanzarla, la deslicé con un empujón.

—¿Tiene usted cita con el licenciado?

—Habló un amigo, el productor Scott Cherris.

—Entonces supongo que el licenciado conoce a ese productor.

No respondí de inmediato. Busqué una silla donde sentarme y coloqué mi golpeado trasero en ella. La muchacha seguía con la tarjeta en las manos esperando una contestación.

—No lo sé, podría usted averiguarlo si le pregunta.

La secretaria volvió a revisar la tarjeta, le dio la vuelta varias veces para asegurarse de que no llevara un dispositivo mortal. Al no encontrar ningún problema en ella, la devolvió a la mesa y continuó su labor de no hacer nada.

Pasaron varios minutos. Salió de la puerta del fondo uno de los extra-extra-grandes a quien había encontrado la otra noche con el licenciado Moya Palencia. Era un buen imitador de King Kong. Dio dos pasos del largo del canal de Panamá y se plantó frente a mí.

—El licenciado lo espera.

Me levanté. Lo seguí al privado. Adentro, en la oficina, había un espacio amplio, tanto como una pirámide egipcia. Un escritorio refugiaba al licenciado. Tenía poco pelo, pero sin duda cada uno estaba bien peinado. Vestía un *blazer* menta, camisa blanca y pantalones de pinza color piña. Zapatos blancos, con una coqueta tira en azul. Un insoportable gazné cubría su cuello. No solo había que lucir con dinero, sino «ridículamente» con dinero.

A su lado, Cara de Foca fumaba escondido entre las sombras. No portaba su sombrero tejano, así que descubría una calvicie total.

—Si estas son sus oficinas en Acapulco, deseo ver las centrales en la ciudad de México —opiné al ver al político.

—La cinematografía ya no es lo que era, amigo. El cine mexicano decayó con el fin de la guerra. Hoy, al parecer, la telenovela vino a sustituir el melodrama de las películas. Son lo mismo, pero gratis.

Ofreció que me sentara frente a él. Extra-Extra-Grande se colocó en la puerta. Iba a ser una plática civilizada, pero tomaban sus precauciones. Por eso son los del poder.

—El Departamento de Cinematografía pasó a manos del Gobierno hace un par de años. Era una manera de controlar la producción y la exhibición. Antes se filmaban miles de películas al año, ahora apenas un par de docenas —continuó explicando.

—Quizá porque creen que el cine es peligroso —expuse sin quitar mi vista del hombre.

—Es solo control.

—No olvide que ostenta el mismo puesto que tuvo Joseph

169

Goebbels en la Alemania nazi. La frontera entre controlar el cine y matar a gente es muy fina —le espeté directo.

El licenciado cerró los ojos como si le hubiera soltado una bofetada. Ya que había sido tan rudo, decidí ir al grano:

—Lo sé todo, licenciado Moya Palencia. Sé qué están implementando un plan para que se abran los permisos de casinos en Acapulco. Es una iniciativa que presentó Miguel Alemán como secretario de Turismo.

—Sí, entre muchas otras cosas. El licenciado es un hombre que está comprometido con su pueblo. Ha desarrollado planes para que México sea una fuente de servicios turísticos única.

—Se los ofrecieron a la mafia norteamericana. Blummy es su contacto. Trabaja con Ross. Les están entregando el país en charola de plata. Incluso, ya están operando sitios clandestinos como aquel donde nos conocimos. Ustedes los protegen con policías locales.

—Los casinos siempre han existido. No se asuste, usted sabe cómo funciona esto.

—Para serle sincero, me importa una chingada. Por ayudar a un cliente he terminado ensuciado —aclaré. Situé el maletín en la mesa y lo abrí.

El director de Cinematografía de México se inclinó a verlo de cerca. Metió el dedo en el hoyo de la bala que tenían los billetes. Hizo un gesto de desagrado.

—Bello. Debería enmarcar cada uno y acomodarlos en su casa —pronunció Moya Palencia con sarcasmo.

—No es mío. Lo devuelvo y todos en paz —me levanté alzando las manos.

—¿Usted me cree tan idiota de aceptar el dinero sin saber de dónde proviene? ¿Con agentes de la CIPOL o inteligencia norteamericana rondando? Temo decirle, señor Pascal, que usted no tiene una bendición ahí, sino una maldición. Seguramente es dinero marcado.

—Haga obras de beneficencia, déselo a la repartición agraria. Hasta podría hacer un nuevo estado de la República. Todos felices y perdonan la deuda de Johnny. —Di un paso hacia atrás.

Cara de Foca no paraba de sonreír. Se alimentaba con mi nerviosismo.

—No queremos migajas. Ofrecemos uno de los tratos más

grandes en la política turística mexicana. El mismo licenciado Miguel Alemán ha hecho el trato con empresarios estadounidenses. Por eso contrató a Blummy.

—Están criando cuervos. Estos les sacarán los ojos.

—No sea inocente, señor Pascal. Los caballeros de blanca armadura se terminaron en el Medioevo —dictó tajante al levantarse de su escritorio; luego se dirigió hacia un buró tan rococó que se apenaba oscureciendo su madera, para mezclarse con las sombras.

—No es legal lo que están haciendo.

—Recuerde que nosotros hacemos las leyes. Si no nos sirven, no las aplicamos —expuso suave. Tomó un par de botellas y regresó a su lugar—. Sea buen crío y resígnese como el resto del mundo. La cosa funciona así y nadie se cabrea por eso. Agarre su dinero. Vaya a disfrutar el festival.

—No se confíe. El pueblo algún día despertará y le pedirá resultados.

—¿El pueblo? Cómo se nota que usted es solo uno de esos *hippies* ingenuos. Las revoluciones no las hace el pueblo. Déjeme recordarle que la Revolución mexicana la hizo un hacendado, un júnior que estudió en el extranjero, y por *hobby* era espiritista. La Revolución cubana la hicieron un licenciado, hijo de un gallego, y un doctor argentino. Eso no es el pueblo, eso somos nosotros —me dictó con voz calmada, de poeta que recitara versos satánicos. Tenía algo de intelectual y algo de asesino a sangre fría, algo que lo hacía carismático.

—El Gobierno de Estados Unidos se enterará…

—¿Usted cree que no lo sabe? Piense que es el país que mejor aplica el dogma romano de «pan y circo». Estados Unidos es un lugar que solo hace cine y hamburguesas.

No podía discutir eso. Bajé la cabeza, molesto. Mis dientes rechinaban por el odio. No me tenían ni amarrado ni encañonado, pero nunca me había sentido más frustrado. El hombre de poco pelo se acercó a mí. Tomó una botella de gin y otra de vermut seco, y mezcló un poco de su contenido en un vaso y lo agitó con fuerza. Sirvió dos copas. Una la colocó frente a mí. No había ni un dejo de odio o crueldad en su cara. Era como un inmortal hablando sobre la muerte con una pulga que estaba a punto de aplastar.

—Me gusta batirlo, en vez de agitarlo. El hielo se deshace menos y no contamina la ginebra.

—O sea, que ustedes se lavan las manos.

—No, señor Pascal. Hasta en eso se equivoca. Ni siquiera nos las ensuciamos. El partido ha elaborado un sistema en el que la gente seguirá a nuestro lado, confiando en que hagamos lo mejor por ellos. Desde luego se quejarán, pero es parte del juego. La gente común se queja de todo, pero nunca quiere entrarle a los toros. Si nosotros pensamos que hacer un trato con los empresarios de Nueva York sobre los casinos es bueno, el pueblo lo creerá.

—Usted los llama «empresarios», yo los llamo «mafia».

—*Potato, potahto… Tomato, tomahto… Let's call the whole thing off.* —Sonrió emulando la canción de Louis Armstrong y Ella Fitzgerald.

—Usted sabe que no son ellos, es solo Sam Giancana.

—¿Por qué está tan seguro?

—Porque me escondieron esa noche en el brinquito. No querían que supiera que él estaba aquí ni que saliera en los periódicos. Debo decirle que si está en México, entonces se esconde de fuerzas mayores. Y no creo que sea del presidente Lyndon Johnson.

—Tiene razón, el tejano ni idea tiene. Ni siquiera se enteró del plan en Dallas… —murmuró para sí mientras bebía su trago en pequeños sorbos, como gallina en bebedero.

—¿Me ayudarán para quitarme al cubano y la deuda de Johnny Weissmuller?

—No veo por qué hacerlo, no eres nadie. Blummy me encargó que te hiciera desaparecer: y eso que no somos tu único problema. Muchos quieren matarte. Weissmuller ya no nos sirve. Hay nuevos actores que promocionarán Acapulco, más jóvenes. Esa es mi labor como encargado de la cinematografía en este país, y así hacer crecer Acapulco para nuestro plan.

Me levanté de mi silla sin tocar mi bebida. Soy alcohólico, pero nunca bebo de copas de sabandijas emperifolladas como ese hombre, ni de cualquier político, pues todos son iguales.

Caminé hacia la salida. Extra-Extra-Grande se interpuso entre la puerta y yo. Era tan amplio que cubrió toda la pared. Moya Palencia hizo un gesto para que se apartara. Me miró con los ojos entrecerrados, retándome, pero el gorila se fue corriendo y dejó libre mi camino.

—No se confíe, licenciado. Hasta las revoluciones tienen fecha de caducidad —le regalé con desprecio.

Abrí la puerta y me marché tras cerrarla a mis espaldas.

—Mátalo… —oí que le indicaba en un murmullo a Cara de Foca.

Estaba seguro de que lo hizo para que lo escuchara. Era mi escarmiento por meterme con los inmortales. No lo hicieron en ese instante. Pero sabía que tratarían de hacerlo tarde o temprano.

Me largué de ahí con todo y mi medio millón de dólares. Seguía igual a como entré, sin solucionar los problemas, y con un par de preguntas más. Si no deseaban arreglarlo por las buenas, siempre quedaba el camino doloroso, aunque fuera para mí.

XXVIII

Flamingo

3 medidas de ron blanco
2 medidas de zumo de piña
1 medida de jugo de lima
1 chorro de granadina
Hielo

En una licuadora, bata las bebidas con hielo cristalino durante quince segundos. Sírvalo en copa de
cóctel, decorándolo con un cuarto de rebana de piña
y dos popotes.

*El flamingo era el cóctel de bienvenida a los recién llegados
huéspedes al primer hotel construido en el desierto de Nevada,
el Flamingo Hotel Casino. La idea era dar una bebida refrescante después del viaje por las áridas carreteras. El casino fue
construido con dinero del crimen organizado, y se invirtió en lo
mejor, desde cantineros hasta chef. Alrededor del hotel se cons-
truyó la ciudad de Las Vegas en la década de los sesenta, llegando a ser un emblema de la época, como lo fue Billy J. Kramer
& The Dakotas cantando* Trains and boats and planes.

—Deme un martini —le pedí al cantinero del hotel al sentarme en la barra. A mi lado puse el portafolio. No pedí nada para
él, ya estaba muy subido de peso.
Frente al cantinero, en la barra, había dos cosas aparcadas que

no esperaba ver a mi regreso de la infructuosa cita con el político mexicano. Una era un tipo que decía llamarse Scott Cherris, pero que era lo más parecido a un sapo muerto tratando de aferrarse a su banquillo. Les aseguro que los sapos pueden lograr un equilibrio estupendo, pero Scott es una nulidad para eso.

La otra era Ojos Aguamarina. Ella sí que no era una nulidad, sino todo lo contrario. Se engalanaba solo con un camisa corta a cuadros, amarrada en el ombligo, y un pantaloncillo también corto que podía ser mi cena de la noche. Hasta pediría doble ración.

Frente a ellos había una cantidad indescifrable de copas de martinis. Todas vacías. No eran pasadas las tres y estaban como cuba, de borrachos. No había dudas, era el tipo de gente que me agradaba.

—¿Y quién ganó? —pregunté sin voltear a verlos.

Scott dejó caer su rostro en la barra y así se quedó. Había logrado darle otro nivel a la palabra ebrio. No era necesario que me contestaran. Supe quién ganó.

—Fueron trece martinis —explicó Ojos Aguamarina al tomar el suyo y hacerlo chocar con mi copa.

Odiaba esas situaciones en donde el único sobrio era yo. En general, terminaba cargando borrachos y con mucho coraje por haberme perdido la fiesta.

—Yo creo que los martinis son como los pechos de las mujeres: uno es muy poco, dos es perfecto, tres es… inquietante —expliqué, y lo bebí de golpe, solo para poderme poner al tono de la plática.

Ojos Aguamarina se quedó mirándome con un ojo abierto y el otro cerrado. Debajo de ellos, una sonrisa pícara, tan picosa como un tarro de pimienta. Se levantó frente a mí. Con una increíble facilidad, se abrió el *top*, para enseñarme un maravilloso espectáculo. Mis labios se separaron, sorprendidos, y ella volvió a cerrar su blusa. Fin del *show*.

—¿Como estos?

—Yo diría que sí, exactamente como esos…

Ella dejó asentado su punto y regresó a sentarse a su lugar. Pidió otras dos bebidas más.

—No me culpes. Nunca salgo por la mañana con la intención de emborracharme, solo sucede.

—No condeno nada: cuando dejé de beber por complacer a mi madre, fueron los peores veinte minutos de mi vida.

Ella bebió su último trago y volteó la copa. Era un récord. El cantinero aplaudió. Ellos se la pasaban de lujo bebiendo, y yo recibiendo golpes, balas y amenazas de políticos mexicanos. Ellos eran Hollywood, yo era el bote de basura de Cinelandia.

—¿Resolviste el problema de Johnny? —preguntó Ojos Aguamarina arrastrando las palabras y tropezándose con ellas como si fuera un crío de un año tratando de correr el maratón de Nueva York.

—No, estoy trabajando, lindura —respondí, dándome cuenta de que Scott era un boca floja si le invitabas a un trago.

—Quizá vas a necesitar ayuda. Te crees muy duro, pero en verdad eres un pastelillo… y relleno de crema. —Me lo cantó señalándome con el dedo, por una parte molesta y por otra retadora—. Algunas veces debes aprender a pedir ayuda.

—Nunca la he necesitado. La ayuda es algo que usan las mujeres para que les arreglen un auto descompuesto. Los hombres abrimos la capota y tratamos de componerlo.

—Engreído… —Lo soltó como globo desinflado. Sus brazos se levantaron y cayeron en mis hombros. Su cara estaba desafiándome a un par de centímetros—. Maldito engreído.

Sabía que tarde o temprano, en algún momento, tendría que contarle a esa hermosa mujer todo lo que pasaba, y algo más de lo que yo pensaba que sucedería. Habría que mentir un poco y suavizar las consecuencias, pero sencillamente sería el mismo final: me iban a matar.

Ojos Aguamarina me gustaba mucho. Quizá si ella hubiese sido la que abandonó Elvis y fuera una princesa en un castillo, guardada por dos matones, en busca de ayuda, habría sido más fácil. Pero la tenía frente a mí, bastante ebria y retándome. No se veía como si necesitara mucho auxilio. Era una nuez difícil de pelar.

—Debes agarrar el volante.

Me acerqué un poco más para besarla. Ella se quitó de golpe y se alejó de mí en un trotar rítmico.

—Podría pedirte ayuda a ti.

Ojos Aguamarina se detuvo y después sonrió.

—Eso suena mejor.

Continuó su camino zigzagueando por entre las mesas. Se perdió detrás de un matorral donde podrían guardar la fuerza naval rusa, y supuse que llegaría a su cuarto sin ayuda.

Abrí la puerta del cuarto. Fue un triunfo digno del mejor truco malabarista de un circo. No es cosa sencilla cargar a un tipo como Scott, buscar la llave de la habitación, detener mi bebida y abrir la puerta. Tan complicado como manejar un auto herido, con los ojos vendados y esposado al volante. Siempre recomendaba no hacer eso, por experiencia propia terminaba chocando con un cedro de Santa Mónica.

—Hemos llegado, amigo —le expliqué a Scott antes de dejarlo caer en la cama. La posición que tomó era perfecta para despertar con una tortícolis, pero pensaba que debería darse por bien servido.

Me iba a recostar en mi cama cuando descubrí que en esta había alguien durmiendo. En realidad, no era un alguien, sino solo su foto. Y venía acompañado con un fólder relleno de papeles, cual emparedado de tres niveles. En la fotografía, Luis Posada Carriles me miraba seriamente en un uniforme militar. No cubano, sino estadounidense.

Guardé el portafolio debajo de la cama, coloqué mi Colt en el buró para que actuara el papel de ángel guardián y me arrojé al colchón tomando los papeles. Scott ya roncaba.

Era un archivo. Contenía cartas, recibos, fotografías y redacciones de operaciones del cubano. Decidí quedarme acostado leyendo mientras el sofocante calor del exterior checaba su tarjeta de salida.

Lo que leí por más de dos horas en los documentos era para quitarle el sueño a cualquiera, mejor que las historias de fantasmas o casas embrujadas. Daba terror, mucho. Quien me hizo este regalo navideño anticipado se había encargado de responder todas mis preguntas, pero me había dejado en insomnio para el resto de mi vida. El mundo no era un lugar bello. En él habitaban los peores animales. Todos hambrientos por agarrar un trozo del poder total. Nadie volvería a poder caminar tranquilo en el vecindario sin sospechar que una organización del Gobierno estaba metiendo sus narices en desatar una lluvia de misiles. Y para lograrlo, quitarían a cualquiera, sin importar si eras el mismo presidente.

Me levanté, me di un baño y me cambié de ropa. Para cuando el sol empezó a ponerse, tenía un plan. No era perfecto y, mucho menos, infalible, pero era algo. Era tan aberrante como el desembarco de Normandía, tan mortal como romper la barrera del sonido y tan estúpido como afrontar a golpes a Cassius Clay.

Así que decidí despertar a Scott. Le pedí que me consiguiera una dirección. A regañadientes hizo lo que le pedí. Después de tres llamadas de larga distancia, la encontró. La anotó en uno de los portavasos de cartón y se volvió a dormir. Borracho era más efusivo y certero en el trabajo que sobrio.

Tomé el revólver y varias balas de repuesto. En mi plan no había disparos, pero estaba seguro de que terminaría habiéndolos. Me esposé el portafolio y me dediqué a arrancar tiras de tela de la camisa que había estropeado con la explosión. Teniendo todo mi kit para salvarme el culo, me despedí de Scott y salí del cuarto.

Caminé por los jardines despidiéndome del sol, el mar y los pelícanos. El espectáculo del atardecer estaba en su apogeo. De nuevo me lo perdería. Llegué a la palapa del bar. Me di cuenta de que en una de las mesas estaba mi viejo camarada, mi asesino personal: Luis Posada Carriles.

Después de lo que había leído, lo odiaba, tanto que hubiera sacado mi pistola y le hubiera vaciado el cargador. Pero no lo hice. Me planté frente a él y dije en voz baja:

—Te voy a matar. Sé quién eres.

—No, yo lo voy a hacer, listillo. Te estoy cazando como si fueras una liebre. En el momento en que creas que es tu día de suerte, lo verás venir y será mortal.

—Fácil. Hazlo ahora.

—No, quiero el dinero.

Levanté el portafolio y se lo ofrecí. Levanté las manos para dar a entender que no pondría resistencia.

—¿Tú crees que voy a caer en tu juego? No seas tonto, sé que ese portafolio solo tiene el directorio telefónico.

—Tal vez podrías buscar información y llamarlos para ver si te ayudan.

—Cretino. Si deseas que mueran más, así lo haremos. Podré

matar a tu amigo del cuarto o a la muchacha de las pecas. Tú escoge a quién vas a enterrar primero —me soltó sin ningún énfasis en las palabras.

No dudé de sus amenazas. Ya sabía con qué tipo de gente me enfrentaba.

—¿Qué pasa si te entrego el dinero? ¿Quedaríamos en paz?

—Inténtalo, podría ser así.

—Mañana a las nueve, en la clausura del festival —propuse, y lo dejé en la mesa, luego continué mi camino rumbo al estacionamiento.

Volteé para ver la cara del cubano. Estaba mirándome, pero en la barra también me observaba Ojos Aguamarina. Había poco de su rostro detrás de los lentes oscuros que me diera una pista sobre su gesto.

Llegué a la recepción. Pedí a uno de los mozos que trajera el Cadillac. Volteé a ambos lados en espera de que alguien me detuviera, pero no sucedió nada.

Luego de unos cinco minutos de esperar y de recibir nada, sucedió algo: apareció Cabeza de Cerilla. Se colocó detrás de mí, pidiendo su auto también. Estaba serio y traía lentes oscuros por coraza.

—Yo no me perdería la clausura del festival mañana a las nueve. Va a ser en La Quebrada —le dije al pelirrojo, mientras abordaba el auto. Me encargué de que se escuchara bien. No deseaba equivocarme porque fuera parcialmente sordo.

No respondió más que con una sonrisa. Eso del juego de seguirme sin decir nada me estaba cabreando, pues yo creía que deberíamos de tomarnos un trago como personas civilizadas y hasta compartir automóvil.

Salí a la calle con lentitud. Afuera, aparcado debajo de un árbol, un Ford Edsel esperaba para seguirme también. Eran mis otros compañeros, los alegres muchachos del cigarro Cohiba. Me detuve en la esquina con la luz en rojo. El Edsel lo hizo detrás de mí. Bajé del auto y caminé con tranquilidad hasta ellos. Ambos descendieron sacando un par de pistolas monas.

—Tranquilos, chicos. El espectáculo será mañana, en La Quebrada. A las nueve.

Los hombres me seguían apuntando con las armas. Me despedí con la mano, les cerré el ojo y regresé al auto. Arranqué, para continuar mi camino. No les gustó que me fuera, agradable y civilizado. Dejaron de seguirme. O al menos hicieron mejor su trabajo y dejé de darme cuenta. Es molesto saber que hoy en día no se pueda encontrar gente capaz de hacer la labor de espionaje correctamente. Estamos rodeados de *amateurs*.

181

XXIX

Fireman's Sour

½ medida de ron blanco
½ medida de jugo de lima
½ medida de granadina
1 cucharadita de azúcar refinada
2 medida de soda
Hielo

Agite enérgicamente todos los ingredientes en un vaso alto, adórnelo con una rebanada de naranja, una cereza y hojas de menta, con el tema musical *Hey little cobra*, de Jan & Dean.

De todo el grupo de cócteles de los sour, el fireman's sour es el menos ácido y quizás el más dulce. Se comenta que era la bebida de los bomberos de varias islas en el Caribe, quienes lo disfrutaban a la espera de ser llamados a la acción en los calurosos días. En algunas recetas se recomienda unir dos rones: uno ligero y otro blanco, para crear una mezcla más balanceada en la bebida.

El brinquito estaba tranquilo. Sin autos estacionados en el exterior. Había permanecido vigilándolo toda la noche. Era un poco menos de la hora del desayuno y me moría de hambre. Pensé en los huevos con salsa, en los chilaquiles y en la variedad de frutas del bufé en el hotel. Mi estomago gruñó molesto por mis pensamientos morbosos.

El sol empezaba a calentar y algunos trabajadores bajaban por la calle caminando rumbo a su trabajo en los hoteles de lujo de la bahía. Debajo de la lámpara de la calle permanecía la pelota y las dos latas que servían de portería a los escuincles. Un lejano olor a pan recién horneado subía hasta mi refugio, donde permanecía sentado en los escalones de un acceso a una casa. Pensaba que un Cadillac era un poco aparatoso como para estar encubierto.

—Buenos días —me dijo una muchacha en traje de mucama al pasar a un lado mío.

La saludé también con una sonrisa. Ellos eran a los que les habían robado su pueblo. Los vistieron con trajes elegantes de servicio, les enseñaron a hablar inglés y a lavar los calzones de los gringos para ofrecer «servicios de calidad». No era mal plan. El problema es que los políticos eran los únicos que ganaban en este. Deseé que la joven tuviera un buen día, al igual que el resto de su vida.

Me levanté de mi esquina y esperé a que se me desentumieran las piernas. Tomé la botella de tequila que había rellenado con gasolina y a la que le había colocado un pedazo de mi camisa. Me acerqué a la casa que guardaba el casino ilegal. Medí la distancia hasta la ventana donde me habían recibido mientras jugaban cartas. Prendí la bomba molotov. Haciendo mi mejor interpretación de lanzador estrella, la arrojé.

Fue hermoso. Un paraíso para pirómanos. No hubiera logrado hacerlo mejor. La bomba casera cruzó el cristal y lo convirtió en miles de piezas que cayeron sonoramente por toda la calle.

Después no hubo nada.

Así fue como por dos minutos, hasta que las flamas, seguidas de gritos, hicieron su debut. Regresé a mi asiento en las escaleras. El maletín me sonreía, divertido por nuestra maldad.

Estuve a punto de decirle que realmente estaba seguro de que era un poco dramático todo eso, que estaba sobreactuando mi parte, pero al ver cómo salía corriendo de la casa Extra-Grande 1, en calzoncillos, botas vaqueras azules y una camisa a cuadros, comprendí que todo había valido la pena.

Me levanté. Caminé hasta él, quien asustado trataba de comprender qué sucedía. Abrió la boca para tratar de maldecirme. También pudo pedirme la hora, un cigarrillo o desearme buenos días, pero no lo dejé. Tomé vuelo con la mano y le sorrajé el portafolio en la cara. Este se clavó en su nariz, comprimiéndola en una masa amorfa. Extra-Grande 1 dio un grito, trató de llevarse la mano a la herida, pero la cacha de mi pistola llegó primero.

Fue una delicia de escena ver cómo uno de sus dientes volaba junto a un chisguete de sangre. El resto de la acción fue caerse… y caerse…, seguir cayéndose. Tal como su nombre indicaba, Extra-Grande 1 tardó aproximadamente un juego de siete entradas de béisbol en caer al suelo.

—Dile a tu jefe que yo nunca pregunto si es cara o estómago. Siempre opto por la primera —expliqué inclinándome hacia él.

El fuego estaba alcanzando una medida de espectacularidad digna de un circo.

—También dile que si quiere el resto del dinero de Weissmuller, hoy en La Quebrada, a las nueve.

El hombre contestó que sí. Tal vez no exactamente eso. Más bien algo parecido a *glurp-mor-ssti*. Supuse que era un sí. Nos entendíamos a la perfección.

Me hubiera gustado quedarme para ver el espectáculo completo, pero tenía que hacer otras vistas. Caminé calle abajo. Al cruzar la tercera cuadra, un camión de bomberos pasó en sentido contrario. Me sorprendió lo rápido que se atiende un llamado cuando es la policía la que está en llamas.

XXX

Stinger

½ medida brandy
½ medida *crème de menthe* blanca
Hojas de menta
Hielo

Coloque los ingredientes en un vaso mezclador. Agite breve y enérgicamente la coctelera, cuele y sirva en la copa.

En el film Bésalas por mí (Kiss them for me), *Cary Grant entra al bar y le pide al cantinero: «Stingers, y encárgate de que sigan llegando...». Y así volvió el trago en una moda. En 1949 la revista Esquire nombró el Stinger como el trago favorito de los pilotos de aviones. La razón era más que simple: eran jóvenes a los que no les gustaba el sabor del licor fuerte, y la menta escondía el aroma de alcohol. En la creación de esta mezcla no hay un cantinero famoso, ni un hotel reconocido o un personaje detrás de su historia. Fue uno de los tantos cócteles que aparecieron en la era de prohibición y crecieron en popularidad. Para la llegada de los sesenta, era el símbolo del Rat Pack de Sinatra. Era la bebida que le gustaba tomar a Sammy Davis Jr. y que solía acompañarle en sus apariciones en Las Vegas cuando cantaba Eee-O Eleven.*

La dirección que me otorgó Scott estaba en la exclusiva zona residencial de Las Brisas. Una colonia enclavada en una de las montañas que cerraban la bahía de Acapulco, como un brazo de pedruscos tratando de apresarla. Estaba entre grandes rocas afiladas y palmeras que se mantenían paradas, dormidas ante el sol abrumador. Circulé en el Cadillac mirando la colección de construcciones que los millonarios se habían hecho. La variedad era inmensa y con un dejo de divinidad que simplemente soltaba despecho para el resto de la humanidad. En la cima habían localizado un lujoso hotel de pequeños departamentos, con albercas propias y una ración de exóticas flores. Aprovechando la prerrogativa, construyeron una serie de bungalós para ofrecerlos a clientes exclusivos. Iba a visitar a uno de ellos. Esperaba que me recibiera, pues había sobornado ya a tres guardias para llegar ahí. Estaba más custodiado que Fort Knox.

El sol empezaba a llegar a la parte posterior del cielo. Los colores blancos de las nubes pintarrajeaban el azul e iluminaban las tejas y las paredes encaladas. Era un día fresco. Nada malo para morir.

Caminé por la calle mientras una parvada de pelícanos planeaba rumbo a la costa en busca de una rama o un cuarto disponible. Lo que encontraran primero. Llegué hasta el frente de la casa, donde permanecían estacionados un Opel plata y un Impala SS descapotable, que ya había encontrado la otra noche en el brinquito. No tenía duda de que era el mismo, no solo por el color, sino porque el rubio que recibió la lluvia de balas salió de dentro y me apuntó con su Beretta.

Alcé las manos y el portafolio. El rubio no dijo nada. Se acercó a mí. Cuando estaba seguro de que me escucharía, le dije en inglés:

—Me da gusto ver que saliste bien librado la otra noche. Perdóname que te haya dejado con el tirador, pero tenía clases de macramé. No me gusta llegar tarde.

Supuse que lo había sacado de concentración. No disparó, pero tampoco dejó de apuntarme.

—¿Eres el gringo que trataron de matar la otra noche? —cuestionó con dificultad. El sol y su sobrepeso no eran una mezcla agradable para él.

—En verdad, no soy gringo. Soy mexicano… Olvídalo, larga historia. Necesito hablar con tu jefe —le expliqué sin moverme.

El tipo se limpió el sudor. Me revisó tres veces de arriba a abajo y decidió responderme con otra pregunta:

—¿Por qué?

—Amigo, puedo darte una lista interminable de razones, pero prefiero la versión corta: yo te entregaré mi tarjeta, tú se la das. Si no me recibe, regresas y continuamos la sesión de preguntas hasta que nos cansemos o nos matemos —propuse tranquilamente.

La Beretta tocaba mi nariz. Al parecer, el tipo no deseaba disparar. En cierta forma lo había salvado la otra noche. Hasta los de esa calaña tienen corazoncito.

—Sacaré mi tarjeta… —le dije extrayendo de la bolsa de mi guayabera una de mis tarjetas de seguridad privada en Los Ángeles. Tomé una pluma y garabateé algo atrás. Era mi única oportunidad. Si fallaba, podía ir despidiéndome del banana daiquiri tal como lo conocemos… y de la vida también—. Dásela.

Mi mano seguía en alto con la tarjeta. El rubio tuvo un destello de inteligencia y me la arrebató. Le planté una sonrisa toda dientes y agradecimiento.

—Se la voy a llevar.

Ni se despidió. No esperaba más. Se perdió por la puerta y me fui a recargar al Cadillac. El sol comenzaba a tocar el agua y nuestro famoso pintor de atardeceres ya estaba afilando los pinceles con tonos rosas. Los pelícanos continuaban su vuelo. No había cuartos disponibles ese fin de semana. Pensé que, si fumara, sería el momento idóneo para hacerlo. Era una lástima tener el instante, la razón y el paisaje, mas no el gusto por el tabaco. Le debía una al vaquero Marlboro.

El rubio salió de nuevo, solo a un paso de la puerta. Asegurándose de que la sombra le cubriera la cara. Ya estaba hinchada y roja como una granada.

—Pase —indicó.

Lo seguí por la casa. Descendía en un complicado diseño de escalones y muros bancos. El techo era tan amplio que podían hacerse tormentas tropicales en su interior. Llegamos a una gran sala a la que le habían robado las paredes. La única era el hermoso atardecer acapulqueño. Permanecí de pie, con mi guía a un lado. Dos pasos. No soltaba su arma.

—He hablado con ella. Me dijo que eras de confianza —me dijo una voz.

Frente a mí llegó una figura más gruesa que un palo de escoba, con dos grandes orejas de cada lado, como si fueran puertas abiertas. Lo más impresionante eran sus ojos azules. Frankie *Boy* era inconfundible.

—Mándele saludos. La última vez no lo pude hacer como era debido —expliqué.

Frank Sinatra se paró a una distancia pertinente, como si temiera contagiarse de algo que yo portaba. Vestía una amplia camisa de manga corta y unos trusas caqui. Ambas se veían grandes en su cuerpo.

Caminó medio maratón para cruzar la sala y llegar a una cigarrera. Tomó uno de los pitillos y lo encendió. Paladeó el tabaco y luego regresó a su puesto.

—Hace mucho que no veo a mi exesposa Ava Gardner. Yo la amo y Dios me maldijo por eso —me indicó.

Mi único tiro era el animal más bello del mundo. La había conocido en Puerto Vallarta.

—Temía que no pudiera contactarla —expliqué.

—No la llamé por teléfono. Voy a confiar en que usted dice la verdad. —Sinatra caminó de nuevo hasta la cigarrera. La tomó y me la ofreció, pero negué con la cabeza—. Nos divorciamos aquí, en Acapulco. Es un lugar tan bueno para casarse como para separarse. Tienes dos minutos: si en ese tiempo no logras venderme nada, le pediré a Mike que te saque arrastrando. No lo tomes como algo personal, pero mi tiempo libre es costoso.

—Medio millón de dólares… —dije mientras abría la maleta.

Los billetes también se emocionaron de ver a Frankie *Boy*. Estuvieron cerca de pedirle un autógrafo.

—No es mío —contestó cortante. Lo amé, otros se hubieran lanzado a por él. Para Sinatra era solo la propina de sus parrandas de esa noche—. Espero que sea mejor lo siguiente: te queda un minuto.

—Trataré de ser rápido: yo soy mitad gringo, mitad mexicano. No se puede estar partido en dos, no en este mundo. Tú eres igual.

Fumó su cigarro, entrecerrando los ojos. Me miró con un dejo de interés. Continué:

—Perteneces a dos mundos: Hollywood y el de los muchachos alegres de Chicago, los italianos. Has tenido éxito por ambas partes, y te felicito. A mí también me gusta expandir mis posibilidades, pero no se puede vender el alma a Cinelandia y a la mafia al mismo tiempo. ¿De qué mundo eres?

—Nada de lo que alguien haya dicho o escrito de mí me importa, si no hasta que me importa.

—Estás protegiendo a Sam Giancana en tu casa. El tipo no se da abasto con Estados Unidos, desea también México. Y para eso pactó con mexicanos. El único problema es que todo el dinero de esos casinos nunca lo verán sus socios. Digamos que tomó un trabajo extra sin avisar al patrón.

—No veo la relación…

—Tú estás con Bö Roos trayendo gente a Acapulco. Grabaste la canción para que todos los turistas vinieran aquí, pero cuando se enteren el resto de los jefes de que no recibirán su parte, no les importará que seas Hollywood.

—Yo voy a vivir hasta que me muera. No me importa, bebo de la confusión de mis enemigos.

—¿Te suena el nombre de Luis Posada? Ha trabajado para los jefes mucho tiempo defendiendo sus intereses en Cuba. El problema es que han creado un monstruo y ahora él los destruirá.

—Estaba en el proyecto de Dallas, nada más. Luego Sam lo trajo para Bahía de Cochinos, pero se convirtió en un fiasco.

—¿Dallas?

—No digas nada. Solo sugiere, pero no digas nada…

—Voy a prender una hoguera para que se vea hasta Chicago, pero no deseo que tus jefes me agarren de chivo expiatorio. Y tú tendrás que decidir a quién entregar cuando el fuego arda. ¿Vas a ser gente de Hollywood o de la mafia? Piénsalo.

—Gracias por avisarme. Si necesitas algo, búscame en Los Ángeles.

—¿Cuál es su dirección?

—Simplemente Frank Sinatra, Beverly Hills.

Me otorgó su espalda y se alejó hacia el exterior.

—Un favor.

—¿Sí?

—Johnny Weissmuller fue desplumado por esa gente. Lo tienen por las bolas. Es patético ver al último gran héroe norteamericano ahogarse de borracho mientras se marchita. ¿Nunca lo admiraste por ganar esas medallas? ¿Acaso ese muchacho de Nueva Jersey nunca llegó a desear ser como Tarzán?

191

—Un amigo nunca es una imposición…

No contestó más. Se quedó en el umbral fumando, sin darme la cara. Se me hizo un tiempo larguísimo. Tanto como una misa de Domingo de Resurrección. Luego movió la cabeza y continuó su viaje a la alberca.

Me asomé para ver. Había un grupo de bellas mujeres en bikini nadando en una gran piscina en forma de riñón. Al centro, flotando en una llanta inflable, Sam Giancana. Bajo, robusto, de lentes y fumando un puro del grueso de un tronco. Demasiado poder para ser concentrado en una persona.

Una mano en mi hombro me jaló hacia atrás como si fuera una grúa neumática.

—Hora de irse, galán.

—¿Tan rápido? Nunca me ofrecieron un martini. Dicen que Frankie prepara unos muy buenos… —traté de decirle al rubio.

Antes de cerrar la puerta en mi cara, con una sonrisa, soltó:

—Lástima, capullo.

XXXI

Toro Loco

7 medidas de mezcal
3 medidas de Kahlúa
Hielo

Coloque el mezcal, preferentemente reposado, con
el licor de café, en un vaso corto con muchos hielos.
Se puede adornar con una cáscara de limón o un
par de granos de café.

*Bebida originaria de México, se cree que de la zona de Oaxaca,
donde una gran comunidad de extranjeros emigraron, gracias a
sus raíces culturales y su apacible clima cálido. El mezcal es un
destilado, de distintos tipos. Entre ellos está el tequila. Hoy en
día, el mezcal elaborado en Oaxaca de la penca de maguey
agave weberi, de sabor más ahumado y con un fuerte golpe de
alcohol, ha tomado mucho éxito. Entre ellos existen varios tipos.
En cada uno, el sabor cambia: de gusano, tobalá, pechuga,
blanco, minero, cedrón, de alacrán y crema de café.*

*La combinación del duro mezcal con el Kahlúa le da un sabor
más accesible, pero fuerte. Perfecto para servirse como digestivo
después de una comida mexicana abundante en especias. Tiende a
ser tan explosivo como Jan and Dean cantando* Who put the bomp.

Dicen que un acantilado es un accidente geográfico. No estoy
de acuerdo con esa definición. Un accidente es algo que sucede

sin querer. El acantilado frente al mar de La Quebrada no tenía nada de esa inocencia. Era unas fauces que le gritaban al mar, con todos sus dientes de roca cual cuchillas.

En ese pequeño recoveco, donde las olas entran con fuerza, aprisionadas por dos enormes paredes de piedra, el abrupto paso de tierra al mar tiene cuarenta y cinco metros de altura. Y es en ese lugar llamado La Quebrada donde se efectúa un espectáculo único: los clavadistas se arrojan desde lo más alto del acantilado al pequeño espacio donde las olas golpean entre las piedras.

Estoy seguro de que esos intrépidos hombres podían haber escogido un trabajo menos mortal, pero nunca serían tan famosos en todo el mundo. Este es un grupo de dementes que, por tratar de entretener a los turistas arriesgan su vida cada día, suben por las hendiduras de las rocas hasta un pequeño santuario en la parte superior. Luego de mostrar sus respetos a la Virgen de Guadalupe, se lanzan con todos los cálculos necesarios para no quedar embarrados entre las piedras como excremento de gaviota. Johnny Weissmuller me lo había narrado un par de días antes.

194

Frente a este desfiladero, del otro lado de la grieta, se colocaron una serie de plataformas de concreto para ofrecer la mejor vista del espectáculo. Incluso existe una adosada a un restaurante, donde uno puede cenar o beber un trago, para bajarse el susto del emocionante clavado.

En ese lugar es donde se iba a efectuar la clausura del festival. Con mariachis, tequila y buenos deseos para los asistentes. Entre ellos, yo, que en solitario bebía un toro loco y miraba cómo los clavadistas se preparaban para el espectáculo. En la mesa estaba la maleta; en mi cinturón, la Colt. Esperaba no usarla. Pero uno nunca sabe qué va a pasar cuando se empieza a beber mezcal. La noche acababa de aminorar el sofocante calor, mientras los invitados bebían a placer. Yo solo esperaba mi cita.

De entre el grupo de mariachis, que se empeñaban en tocar su música tan alto que podrían derribar esa grieta natural, emergió Ojos Aguamarina. Se veía inocente y delicada. Unos pescadores azules hacían juego con sus zapatillas blancas. La blusa de rayas se le pegaba en el busto, silueteando su bien formada cadera. Una cinta blanca le cruzaba el pelo, echándoselo hacia atrás en una larga cola de caballo. Apenas se había maquillado, pero sus ojos resaltaban tremendamente con los juegos de luces del local. Su sonrisa llegó primero que ella. Luego fue un beso en mi mejilla. Tierno, suave, como algodón. Se sentó junto a mí y me tomó la mano en la que llevaba el portafolio.

—Lindura, no tienes idea del gusto que me da verte aquí... —tuve que admitir, pero el factor sorpresa ya no tenía código postal en mi cara.

Ella cerró su mano en mi puño y acarició mis nudillos.

—Pensé que no iba a poder ayudarte. Todo se volvió un caos.

—Creo que estamos viendo dos películas distintas. En mi versión, trato de salvar mi pellejo, y en la tuya, juegas ajedrez. Pensé que el cabrón de Luis Posada Carriles te haría daño, pero estaba equivocado —comenté observando que se movía inquieta y volteaba hacia los extremos del restaurante.

Logré encontrar qué buscaba. En una mesa contigua, estaba el pelirrojo con un cuerpo demasiado tonificado para ser turista, quien me había seguido por días; aguardaba con su compañero, el señor Normal. Su nariz la tenía metida en un periódico. Nadie en su sano juicio va a La Quebrada a leer un diario, y menos de noche.

—No, Sunny. Todo ha sido un error desde el comienzo...

—Yo vi claramente cómo discutías en el hotel con él. Se hubiera puesto pesado si no aparezco. Pero siento que era parte del plan, como todo... ¿No fue coincidencia que estuvieras en el aeropuerto de Los Ángeles con él?

Ojos Aguamarina bajó la mirada, mordiéndose el labio en su gesto especial de colegiala pillada copiando en un examen. Ojalá hubiera sido solamente una prueba de escuela.

—El día que nos vimos, yo lo seguía a Acapulco. Le habíamos puesto un anzuelo para desenmascarar al grupo de Chicago, ofreciéndoles limpiar el dinero a través de obras de caridad. Trabajó también para el FBI. Luis Posada Carriles es sospechoso de terrorismo y de relacionarse con el crimen organizado. Por eso lo seguía, pero apareciste tú para cambiarlo todo.

Ojos Aguamarina volteó a su lado. El hombre pelirrojo se veía también nervioso. No lo culpaba. Y eso que sabían solo la mitad de lo que estaba a punto de hacer. Le devolvió la mirada a ella y regresó al periódico.

Ella se levantó y, ciñéndome del brazo, me jaló a su lado. Sentí el calor de su cuerpo. Era reconfortante. Su cabeza se recargó en mi pecho, como si tratara de protegerme. Me sentí sucio, manipulado.

—La primera noche, en la inauguración del festival, solo estabas para seguirme. No era para hablar con Johnny Weissmuller. Estabas molesta porque había convertido en un desastre la operación al asumir la personalidad de Posada Carriles. Comprendo que fue un error decirle al gordo de la familia que era un agente encubierto, pero creo que merecía un grado menos de hipocresía de tu parte.

—Lo siento.

—Podría equivocarme, pero tengo la seguridad de que tu compañero, Pelo de Cerilla, fue quien hizo el favor de hacer desaparecer el cuerpo que teníamos guardado en el coche. Tú misma te aseguraste de entretenernos en el desayuno para que tuviera suficiente tiempo de hacerlo.

—No necesitábamos involucrar a la policía local.

—Pero el problema es que al final sí los involucré —completé. Ella no me contradijo—. Y por ello trataste de espiarme todo el tiempo. No fue tampoco coincidencia que aparecieras en el muelle el día de pesca, ¿verdad?

—Mentí. Johnny nunca me invitó. Yo ya sabía que no lo recordaría.

Caminábamos a un lado del pretil de la terraza, lejos del barullo de los comensales, quienes para esas horas ya habían consumido toneladas de tequila, por lo que su volumen de voz y su euforia aumentaban.

—Solo me pregunto: ¿por qué me rechazaste en el orfanato?

—Deseaba alejarte. Luis Posada Carriles estaba en la ciudad y buscaría el dinero —respondió, y se detuvo, pero sin quitar su mirada de mí. Si mentía, era buena—. También me molestaron tus comentarios sobre mi vida.

—¿Qué parte de lo que me contaste es verdad? ¿Hay algo con lo que pueda quedarme?

—Todo, Sunny. Yo soy la que ves, y mi vida es esa. Quiero pensar que también fue verdadero lo que nos dijimos en el barco.

—¿Por qué debo creerte? —pregunté con un gesto de disgusto.

—Porque estás en apuros. Pero también porque yo quiero que me creas y no vayas a esa cita…

—Es muy tarde para eso, preciosa —le dije al apartarla. Comprendía todo. Sus ojos índigo me lo explicaban con su brillo—. El McGuffin nunca fue el maletín… No es el dinero, ¿verdad?

—¿Qué es un McGuffin? —preguntó como si la hubieran arrancado de una plática y la hubieran puesto en otra a tres planetas de distancia.

—Una larga historia… Hitchcock, Hollywood y fórmulas secretas.—Traté de volverlo simple, pero sonó tan complicado como un instructivo en japonés—. Quiero decir que nunca perseguiste el dinero. El único que lo deseaba era Luis Posada.

—¿Quién es ese tipo con nombre de pastelito de chocolate? —cuestionó molesta sin entender parte de mi monólogo.

Me quedé en silencio, sin otorgar respuesta. Toda mi teoría la había basado en la suposición de que «la presa de la trama» fuese un maletín relleno de dólares. Hitchcock se equivocó. No era una fórmula secreta, ni el trineo Rosebud, menos aún el dinero. El McGuffin era una persona: un cubano al servicio del Tío Sam, que había estado involucrado en la conspiración contra Kennedy, el intento de asesinato de Castro y otro contra Hollywood, por no seguir las reglas de la trama. Alfred Hitchcock seguramente estaba riéndose de mí: Acapulco resultó una mala copia de *Con la muerte en los talones*. Y luego dicen que los temas de las cintas no suceden en la realidad. Mentirosos: la vida es una mala adaptación del cine.

—Al final, todo este lío fue por no tener buena comunicación —gruñí a Ojos Aguamarina.

A lo lejos, entre las rocas del desfiladero, un grupo de clavadistas subían con antorchas hasta un pequeño altar a la Virgen de Guadalupe, para rezarle antes de los clavados. El espectáculo estaba a punto de comenzar, debía apurarme si deseaba llegar a tiempo a mi cita.

—¿Por qué no instalan un teléfono entre la mafia, La Habana y ustedes? Con una llamada diciendo que el contacto cubano había perdido el avión, hubiera arreglado todo —proferí al aire.

Me volví hacia ella. Tomé sus dos hombros con ambas manos. Descendí mi cara para besarla. Ella me respondió con la boca abierta. Fue un beso húmedo y largo.

—Tengo que ir a esa cita. Yo comencé las cosas, y solo yo podré terminarlas.

Me dio otro beso, pequeño y efímero.

—Si no fuera así, no me hubiera enamorado de ti… —logró decir mientras la dejaba parada en las escaleras y la brisa nocturna agitaba su cola de caballo.

XXXII

Barracuda

1 medida de ron blanco
1 medida de licor Galliano
1 medida de zumo de piña
1 medida de jugo de limón
1 medida de sirope de azúcar
Cava o champaña

Revuelva todas las bebidas con hielo cristalino. Vierta en una copa alta, o bien en una piña hueca con hielo, y rellene con el champaña. Decore con un pedazo de piña, una cereza y sírvalo con popotes.

El barracuda es uno de los primeros sparkling *largos que se crearon. Son bebidas con una parte de vino espumoso, que les otorga un refrescante sabor, y en las islas caribeñas se utilizan como refresco de bienvenida al mediodía; destacan, por una parte, dos de sus productos, el ron y la piña, junto con los otros dos netamente europeos: el cava y el Galliano. En un principio se servía en una copa de flauta o asti, pero se cambió a un espacio mayor, para poder agregar los hielos y saborearlo con Jan and Dean cantando* I get around.

Y los mariachis comenzaron a tocar.
En México, sin importar la nacionalidad del visitante, se le recibe

con mariachis, sombrero de charro y un tequila, al grito de «¡Viva México!». Los estadounidenses invitados al festival trataron de seguir el ritmo con aplausos. Fue patético. No lo llevan en las venas.

Al mismo tiempo que la fiesta comenzaba en las plataformas superiores, los clavadistas ya hacían piruetas con las antorchas que usarían en su espectáculo. Estaban lanzándose desde lo más alto de la roca.

A tan solo unos dos despeñaderos más, se encontraba un mirador de concreto oscuro y vacío, pues la vista no era la más idónea para el show. Aunque era más que perfecto para mí. Era mi punto de reunión.

Llegué tranquilamente, caminando sin prisa. Miré por el precipicio, hacia donde reventaban las olas que me gritaban, molestas. Tratando de salpicarme. Sería una caída de unos veinticinco metros. El golpe iba a doler, y mucho. Me quedé en el extremo de la base, sobresaliendo por encima del mar.

Llegaron mis primeros invitados. Me sorprendió saber quiénes eran.

—No esperaba que aparecieran temprano. Los mexicanos siempre llegamos tarde.

—Excepto cuando venimos a chingarnos a un pendejo —expresó Cara de Foca mientras acomodaba su sombrero. Venía solo con Extra-Grande 2. A su amigo Extra-Grande 1 no debió caerle bien el golpe que le di. Nada que un dentista no arreglara en tres citas. Quizá cuatro.

—Ahora resulta que nos sale los ingleses. —Alcé los hombros y me recargué lo más posible en el pretil del mirador que daba al vacío.

—No tientes suerte. Escucha —exclamó llevándose su pesado reloj pulsera cerca del oído. Sonreía detrás de su Cara de Foca—. Tic, tac... Cada minuto que vives es prestado.

—¿Qué hacen los locales aquí? —preguntó el cubano Luis Posada Carriles. Se plantó frente a mí con el rostro comprimido en un gesto de disgusto eterno y con su pistola de tocador apuntándome. Había logrado llegar hasta ahí cubriéndose entre las sombras. Era todo un profesional. No lo había escuchado.

—¿Esto es un juego? —cuestionó Cara de Foca, molesto.

Como si le respondieran, dos hombres aparecieron en la otra esquina de la plataforma. Eran mis seguidores, que vestían igual, guayabera y pantalones negros. Ambos con Tokarev TT-33 en cada mano. El Ejército cubano las había adquirido en barata, de los rusos. No había duda de que los soviéticos sabían deshacerse con estilo de su basura.

—No hagan ningún movimiento…

Luis Posada Carriles abrió los ojos, sobresaltado. Los movió a su alrededor sin menear la cabeza ni bajar su arma de tocador. Primero vio a Cara de Foca, luego a los dos hombres de guayabera y pelo rizado, por último mi persona. Se hizo un silencio entre los asistentes a mi cita múltiple. Era un silencio tan cargado de amenazas que apenas quedaba espacio para nosotros. Era una lástima que la gente de Giancana no estuviera ahí. Yo había pensado que Sinatra le pudiera haber dicho algo y me mandaran seguir. Comprendí que Frankie *Boy* había tomado la decisión correcta.

—Demasiadas pistolas para tan pocos hombres. Deberíamos poner un negocio de armas, y regalar una en la compra de una cerveza.

—Esto es ridículo —dijo Cara de Foca, y alzó su revólver para apuntarme.

Un hada madrina me cuidaba las espaldas. Detrás de él apareció otra pistola más, una Smith and Wesson. La portaba el pelirrojo que había visto cerca de Ojos Aguamarina. Con él, ya estábamos todos los de la fiesta.

—Baje su arma, capitán —le escupió Cabeza de Cerilla con un español perfectamente aprobado por los agentes estadounidenses infiltrados en México. Eso quería decir que podían decir «hola», «adiós» y la frase que con tanta gracia soltó.

—¡Un gringo! ¡Solo faltaba un gringo! —rugió Cara de Foca.

—Eres un idiota, vas a terminar quemado —masculló Luis Posada Carriles moviendo la cabeza. No sé qué le molestaba más, si el que un amateur como yo le robara luces, o que fuera tan idiota de intentar hacerlo.

—Puede ser. Aquí el único que está que arde eres tú. Recuerda que tú lo dijiste, yo no soy nadie. Un tonto que se cruzó en tu camino largo y sinuoso…

Me detuve y esperé a que alguien dijera algo. Nadie lo hizo. Pero tampoco nadie bajó sus armas. Eran desconfiados todos. No era para menos: yo tampoco confiaría en la policía mexicana, ni en agentes estadounidenses, ni en la mafia, y mucho menos confiaría en mí mismo.

—Sería bueno que nos presentáramos. Alguien me dijo que los mexicanos somos siempre amables, que nos gusta tratar bien a nuestros invitados. No debemos hacerle mucho caso, pues era solo un peón del partido oficial. Pero, aun así, les presento a Luis Posada Carriles, alias comandante Basilio. Cubano de nacimiento, agente encubierto norteamericano. Uno de los jefes de la Operación 40, creada por el vicepresidente Nixon para derrocar Gobiernos en Latinoamérica. Alguien me dijo que el hundimiento del barco *La Coubre* fue un regalo que le ofreció a Fidel Castro por su cumpleaños. Desde luego, Bahía de Cochinos fue una gran fiesta, por eso nuestros amigos cubanos, que están aquí presentes, desean poder vengarse de tus pecadillos... Dado que la Operación 40 se complicó después de la muerte de Kennedy, tuvieron que cambiar sus oficinas a un lugar menos visible que los Estados Unidos. Pensaron en Acapulco. Al parecer tenía oficinas baratas, playas bellas y hermosas mujeres.

En las plataformas superiores, un par de clavadistas se lanzaban al aire con dos antorchas en cada mano. Dieron dos vueltas y se zambulleron en el mar como si hubieran sido pelícanos profesionales, con maestría en caza acuática. Era impresionante su acto. El mar, celoso, rebotó sus olas en el acantilado. Los clavadistas emergían de este para recibir aplausos. Muchos aplausos.

—Existía un problema en su plan: el FBI no sabía de sus maniobras. Y, desde luego, a la CIA no le gustaba que los federales se metieran en los asuntos internacionales propios de su especialidad: revoluciones, matar guerrilleros y crear guerras. Así que los muchachos del buró federal pusieron un anzuelo a los protegidos de la CIA para detener el dinero de la mafia y la Operación 40. Todo hubiera sido excelente si no llego yo con la chorreada de hacerle creer a todos que era agente secreto en el aeropuerto. Desde ese momento, tomé tu lugar y me convertí en el contacto de la Operación 40. Hasta la policía mexicana sentía curiosidad. A esos nunca los puedes dejar fuera. Y una noche me regalaron un maletín con mucha pasta.

—Devuélveme el dinero. Son fondos del Gobierno para nuestras operaciones —exigió sin hacer ningún gesto. Su frialdad lo delataba.

—¡Esto es una mamada! —gritó Cara de Foca, molesto.

Luis Posada se volteó en un destello. Le disparó en la sien, volándole el sombrero con la mitad del cráneo. Cara de Foca cayó al suelo en un sonido seco. Su cerebro empezó a regarse en pedacitos entre la sangre. El resto de las pistolas se apuntaron entre sí para que nadie más disparara. Al parecer ninguno se enojó porque lo hicieran callar. Yo tampoco.

Continué explicando:

—Tienes razón. Era dinero para pagar las nuevas oficinas. ¿Por qué Acapulco? ¿Por qué no irse a Bermudas o Jamaica? Fue simple comodidad burocrática. Estarían en el mismo sitio que el jefe. Si Sam Giancana se venía a México, ¿para qué gastar en larga distancia, si podían estar todos en el mismo pueblo? Convertir Acapulco en Las Vegas es un proyecto ideado por la mafia de Sam Giancana y Miguel Alemán, no por los muchachos de la CIA en la Operación 40. Desde aquí dominaría el resto de Latinoamérica. Tendría su propio imperio.

—Tu cuento no le interesa a nadie, chico —dijo sobriamente el cubano, con los dientes apretados—. Cuéntalo mientras puedas, que no tienes pruebas.

—Claro que las tengo. Yo no me preocuparía por mí, ahora que todos saben que solo soy un pegote en esta obra. Las pruebas son un archivo completo, que sospecho fue extraído de las oficinas del FBI. Alguien me hizo el favor de regalármelo. Va rumbo a Nueva York en vuelo privado.

—La CIA está conmigo.

—Eso mismo pensé yo. Por eso fuimos a otra instancia: la cúpula del crimen organizado. A ellos no les va a gustar que Sam Giancana esté haciendo tratos en Latinoamérica sin consultarles y, peor aún, sin repartir el dinero.

—Eres un completo retrasado mental… Nos van a matar a todos —rugió Luis Posada Carriles.

Di un paso hacia atrás y miré al acantilado.

—Solo a ti, tú eres material de desecho de la mafia.

Posada Carriles dio un grito de odio. Trató de disparar lanzándose contra mí. Desde luego había muchos dedos nerviosos. No puedo asegurar que uno de los agentes cubanos fuera el primero en disparar. Quizás fue Extra-Grande 2, o tal vez el pelirrojo. Solo pude ver que varias de las balas llegaban entre ellos.

203

Un cubano se torció como un gusano al que le espolvorean sal. Extra-Grande recibió una que entró por su cachete y continuó arrastrando la mitad de su cara. Posada Carriles recibió varios disparos en el camino contra mí. Ante el primer movimiento de Posada, me lancé al precipicio. Una bala me perforó un brazo, sentí un escalofrío mientras caía. Mi explicación de los sucesos no era para lucirme, sino para poder contar las olas. Siete pequeñas, una grande: era el momento de saltar. Johnny Weissmuller me había dado la solución de los clavadistas en Acapulco.

Lo que no tenía planeado es que Luis Posada Carriles lograra llegar vivo hasta mí. Ambos caímos, forcejeando por el acantilado. Fue un largo camino. Tardamos tanto en tocar agua que esperaba que sirvieran comida y bebidas en el vuelo.

Apenas nos introdujimos en el mar, las olas se dedicaron a golpearnos contra las rocas como si fuéramos un par de muñecos de trapo. Los afilados vértices cortaron varias veces mi cuerpo, y una potente fuerza me jalaba hacia abajo. Me deshice del portafolio, pues pesaba mucho con las piedras que había colocado en él. El asesino de la CIA lo tomó. Pensó que era un éxito el habérmelo robado. Pero se hundió con su peso. Dejé de sentir que Posada Carriles peleara contra la marea. Se sumergía a toda velocidad. No me importó, pues el mundo sería mejor sin él. Por desgracia estaba seguro de que la mala hierba no es fácil de arrancar.

Traté de salir a la superficie por una bocanada de aire. Era imposible. En lugar de luchar, me dejé llevar. Un vacío me succionó como si fuera una inmensa aspiradora. La fuerza de la ola me hizo rodar por un pequeño espacio. Mi brazo se dobló como una vara. Traté de dar un grito de dolor, pero mi boca se llenó de agua.

Antes de desfallecer, una fresca cachetada de aire me golpeó el rostro y mis pulmones se llenaron de oxígeno. Me aferré a lo que pude, pues estaba en un lugar totalmente oscuro. Con dificultad e infligiéndome heridas en la mano, logré salir.

Era una cavidad en las rocas. Un pequeño compartimiento no más grande de un camión remolque. Se escuchaba como entraban las olas y goteras lejanas. Mi brazo roto punzaba, el pecho me ardía y la pierna estaba con un corte de varios centímetros.

Traté de buscar con la mano algo que me ayudara. Encontré muchas piezas metálicas regadas entre la roca y un manto de arena. Pensé que la cámara debía de tener una respiración, pues una suave brisa me llenaba los pulmones.

Ante la frustración de no ver nada en la oscuridad y de sentirme atrapado, decidí tomar una gran bocanada de aire y regresar por el túnel sumergido. Las fuerzas de las olas trataron de regresarme, pero cuando se hizo el retroceso de la marea, me tiró al exterior como un corcho.

Salí a una orilla, logré oír los gritos de los clavadistas al verme. Me impulsé a una zona seca y me fui a un corte a negros.

XXXIII

Old Pal

3 medidas de vermut seco
3 medidas de *rye* whisky
3 medidas de campari
Hielo

En un vaso mezclador, coloque todos los ingredientes con hielo, revuélvalos al agitarlo y verterlo en una copa abierta con el filtro para colar el hielo.

Fue creado en los Estados Unidos en 1952, e incluido en la primera edición del recetario para bartender IBA de 1961. En este se nombraba como un martini, mezclado en vaso martinero y de sabor seco. Con el tiempo se transformó. Se cambió el vermut seco por el dulce, y el campari por granadina. Se sirve en las rocas, adornado con una rebanada de naranja. Eso modifica mucho el espíritu de la bebida, de ser seca a dulce, aunque ambas porten el mismo nombre, de «un viejo amigo». El que también se convirtió en un viejo conocido es el éxito musical The beat, *de Major Lance.*

Lo primero que vi fue una gran mujer de traje azul que dejaba a mi lado algo que parecía comida, olía a comida y se veía como comida. Pero estaba más que seguro de que no era ni remotamente comida.

—¿Dónde estoy? —gemí con un tremendo esfuerzo.

—En Urgencias… —respondió la mujer.

Cerré los ojos. El mundo daba vueltas y mi voz sonaba como hojalata aplastada.

—¿Ya comenzó la hora feliz? Quiero dos margaritas. —dije, tratando de ser gracioso. No lo fui. Intenté hacer un gesto, pero quedé noqueado.

Supuse que dormí un tiempo largo: entre varias horas y dos siglos, pues cuando desperté era de noche. Scott Cherris leía en un sofá frente a mí un ejemplar del Variety.

—¿Qué filme ganó el festival de este año?… —inquirí con dificultad. Era una pregunta más que válida para alguien que había permanecido dormido por un tiempo largo.

—No lo sé. Nadie recuerda los premios si no son los Oscar. Por más que tratan de venderte que un filme colecciona galardones, a nadie le importa —respondió brillantemente Scott. Para ser productor de Cinelandia, tenía destellos de creatividad dignos de un filósofo de Yale. Con maestría.

—Entonces…, ¿para qué hacen los festivales de cine?

—Son escaparates. Importa la alfombra roja y las noches de juerga. Eso es la vida real del mundo del cine.

—¿Y fue buena la fiesta de clausura? —balbuceé al tiempo que se me cerraban lo ojos.

—Explosiva, amigo, explosiva.

Eso fue lo último que escuché. Volví a perder el conocimiento.

Mi primera visita en forma fue Scott, y también fue la última. Después de pasar por varias situaciones molestas, con un brazo roto, para poder mear, y ser curado de mis raspones por una enfermera que era la nueva versión del marqués de Sade, estuve listo para tener una plática verdadera con mi compañero mientras me preparaba para dejar el hospital. Habían sido varios días en recuperación, condimentados por un regalo único de mi camarada: había hecho traer desde Los Ángeles una colección completa de cómics de *Flash*, autografiados por Julius Schwartz. Era un desgraciado hijo de puta, pero uno muy generoso. Salía en el avión de la tarde a Los Ángeles. Acapulco había terminado. Tenía una serie de animación llamada *Johnny Quest* que promocionar para la compañía ABC.

—Weissmuller te mandó estas flores —dijo leyendo la tarjeta de varios arreglos florales que adornaban mi habitación.

Uno era de mamá, que se enteró por una llamada de mi padre. Alguien había hecho el favor de avisarle de que su hijo tuvo instinto suicida. Desde luego, a él no le contesté cuando pidió hablar conmigo. Cinco años no se arreglan así como así. A mamá sí le agradecí las flores.

Yo ya estaba más que listo para salir huyendo de esa mazmorra cuanto antes.

—Hablé con él. El Caesar´s Palace de Las Vegas le ofreció un trabajo como promotor oficial. Se va a vivir a Vegasland. Será dinero fácil. Y lo necesita, con la mujer que tendrá que arrastrar. El alcalde de Acapulco desea darle la llave de la ciudad, y su esposa, Maria Bauman, habló con la policía, pues creía que la estaban chantajeando. Fue el hazmerreír en los periódicos.

—Es un buen hombre —respondí. Me dio gusto que Sinatra cumpliera su palabra.

—Eres un romántico empedernido. Un tipo con corazón blando es un tipo muerto.

—¿Estás seguro de que me puedo quedar? —pregunté terminando de vestirme.

—Bueno, nos vemos la próxima semana en casa. Disfruta de tus vacaciones. He pagado siete días extra en el hotel —dijo Scott.

Se acercó a un gran ramo de rosas que me había enviado una vieja amiga. Tomó la tarjeta para leerla, curioso:

—«Alíviate, sabueso. Recuerda que alguien tiene que cuidar de nosotras, las estrellas. Te quiere, Rusty.» —Regresó el aviso y me preguntó intrigado—: ¿Quién diablos es Rusty?

—Una pelirroja despampanante, de voz hermosa.

—Mentiroso… —dijo, al tiempo que tomaba su sombrero y su saco de rayas azules. Se colocó los lentes oscuros y abandonó el cuarto—. Tomaré un taxi al aeropuerto —explicó mientras salíamos al pasillo.

Le otorgué un gran abrazo con mi extremidad buena. Al separarnos me dedicó su guiño de gato, que tanto adoraba. Sin despedidas se alejó por el andador. Yo tomé para el otro lado, rumbo a un cuarto de cuidados intensivos.

La puerta estaba cerrada. Toqué con los nudillos. Se oía música de Harry Belafonte de un tocadiscos. Entré sin esperar respuesta. En la habitación había una cama levantada del respaldo, Charandas bebía un agua de horchata del tamaño de una represa y comía un pollo rostizado que seguramente alguien le había metido de contrabando. Traía vendado el muñón de su brazo hasta el codo, y cubierta la mitad de su cara con vendas. Se le veía contento, pues silbaba el ritmo de la canción que tocaba su pequeño tocadiscos.

—¡Sunny! ¡Me dijeron que fuimos vecinos por varios días!

—Siento no haber venido antes, pero tú sabes que el Festival de Acapulco es... —traté de buscar la palabra correcta; Scott me la había otorgado— explosivo.

—No te preocupes. Me da gusto verte bien. Ludwika vino el otro día y me puso al tanto. Fue una locura lanzarte desde La Quebrada. Siempre te imaginé un poco loco, pero no demente.

—A veces hay que hacer locuras. La vida corre tan rápido que conviene detenerse y alocarse antes de que un mesero llegue a tu mesa diciendo «su ataque cardiaco de las siete esta servido, señor».

210

Lupito me miró con chispa. Estaría bien, me dio gusto saberlo.

—¿Te irás a vivir a Cuba? —le solté cuando estaba distraído.

—¿Perdón?

—Como agente cubano quizá te den asilo. No me sorprendería que hasta te reciban como héroe. Podría mandarle una carta de recomendación al comandante Fidel.

Sonrió nervioso. Se acomodó en la cama. Yo me recargué en el umbral de su puerta.

—Los hombres que nos recibieron en el aeropuerto, los del Edsel, eran agentes cubanos. Nos seguían, y lo sabías. Te asustaste cuando trataron de balacearnos. No te culpo: si me mataban, tú ibas en el paquete. Luego, cuando fui a pagar al brinquito, eras el único que conocía la dirección. Avisaste al consulado. Ellos mandaron a los agentes que me esperaron desde el motel de enfrente. Hasta ese momento siempre pensaste que me había vendido, que era parte de la Operación 40 americana. Supongo que al explotar la bomba te diste cuenta del error. Por eso mandaron a seguirme, para atrapar al verdadero contacto.

—Yo... No entiendes.

—Sin malos sentimientos, camarada. Para eso son los amigos, para que nos intenten matar. Siempre he dicho que mejor que lo haga un conocido, y no un desconocido —le solté dándole una amistosa palmada en la espalda.

Charandas sabía que nuestra amistad estaba más allá de la política y de los errores internacionales.

—Lo que dijiste del tesoro del pirata George Compton es cierto. Está aquí, en Acapulco. —Al lado de su pollo a medio comer, dejé un doblón de oro español. Lo había guardado desde mi paso por la caverna submarina. Sus ojos se iluminaron. Salí al pasillo y me despedí—: Sigue buscando. Estás cerca.

Continué andando hasta la caseta de salida. Firmé algunos documentos. Scott había pagado todo. Salí a la calle y busqué un taxi. Medio millón de dólares me esperaban escondidos en el tubo del aire en el cuarto.

—Tengo órdenes de llevarlo al hotel Los Flamingos —me dictó un hombre, en inglés, que descendió de un Pontiac Tempest color champaña. Era Cabeza de Cerilla, el compañero de Ojos Aguamarina.

—Puede llamarme agente Morris, del Buró Federal. Departamento de Crimen Organizado.

XXXIV

Martini Cecilia

1 medida de vodka
3 medidas de té concentrado de tamarindo
1 medida de zumo de limón
Chile con sal en polvo

El martini tamarindo es una mezcla muy refrescante que otorga un sabor especial al combinar el vodka con el agridulce extracto del tamarindo, un árbol que se cultiva en la costa del Pacífico mexicano. Esta bebida trata de emular los dulces de tamarindo con azúcar y chile, que son típicos de la bahía de Acapulco. El chile en polvo le da tonalidades especiales en el paladar y lo vuelve casi adictivo.

Se comenta que fue elaborado en el hotel Los Flamingos, lugar famoso por ser propiedad de varias estrellas norteamericanas como Johnny Weissmuller, John Wayne, Red Skelton, Fred McMurray y Rita Hayworth. Fue, al parecer, durante el Festival de Crítica Cinematográfica de 1964 cuando un productor de cine de apellido Cherris lo elaboró con el bartender *del hotel y le puso el nombre de una de las múltiples novias que tenía en Los Ángeles. Es perfecto para paladearlo escuchando a Tom Jones con* It´s not unusual.

Ojos Aguamarina esperaba en una mesa del *lobby*. Nuestro cantinero estrella le había servido una bebida de color terroso en una copa martinera. Bebía de ella con delicadeza.

Se veía espectacular: traía el pelo en una trenza y un combinado estampado en verdes, con la falda tan arriba de la rodilla que dejaba poco a la imaginación. Su agradable mirada índigo estaba atrapada detrás de unas gafas oscuras con montura blanca. Por alguna extraña razón me recordó a Twiggy. Me senté a su lado. Ella me pidió otra bebida.

—Tráigale un martini de tamarindo al señor Pascal —ordenó al mesero. Luego me tomó la mano y la besó con cariño—. Te extrañé. Bienvenido al mundo de los vivos.

Me dejé llevar. Me hacía falta un poco de apapacho.

—Scott me dijo que cuidaste de mí mientras estaba inconsciente. No sé si debo agradecértelo —manifesté sin tono.

Ella se acercó más y me plantó una caricia tierna.

—Fue gratis.

—Entonces estamos a mano. Tal vez sería buena idea volver a comenzar. —Bebí de la copa. Era picosa y agridulce. El vodka rumió mi cabeza, soltando cuerdas y recuerdos. Rápidamente me relajé—. Esta vez, sin mentiras.

Mientras permanecíamos sentados, varios niños jugaban en la alberca y un grupo de turistas atrapaban un bronceado con el que presumir cuando regresaran al trabajo. Los meseros iban y venían dejando estratégicamente bebidas con rebanadas de piña, cerezas o limones por adorno. Era la vida de Acapulco: sol, playa y margaritas. Dejaban los problemas para otro día.

—Tengo que decirte que el paquete que enviaste desató una bomba. Joey Doves es el nuevo número uno en Chicago. Nuestra gente está ya trabajando para atraparlo.

—Me imagino que alguien entregó a Giancana a los jefes. Lo siento, tendrán que trabajar el doble.

—Está fuera, eso es lo que me importa. He renunciado para evitar problemas con mi jefe. Los muchachos de la CIA están molestos. Creen que alguien coló el archivo.

—Si supieran que tiene ojos color aguamarina, quizá se molestarían más —confesé terminando mi bebida mientras me levantaba—. Si no me hubieras dado ese archivo, seguramente estaría muerto.

Tomé de la mano a Ojos Aguamarina para llevarla a mi habitación. Cruzamos en silencio el jardín, mientras una brisa arrullaba las palmeras marinas y columpiaba las buganvilias que se caían al acantilado. Entré al cuarto. Me dirigí a la rejilla inferior.

La abrí de una patada. Los fajos de billetes se desparramaron por el suelo.

—Este dinero era para levantar de nuevo un plan para matar a Castro. Casi seguro que proviene de los impuestos estadounidenses. Podrás darle mejor uso —expliqué cuando tomé un par de fajillas y se las di en la mano.

—Es dinero de Howard Hughes.

—¿Hughes? Es una locura.

—No tienes idea de cómo los grandes nombres estaban detrás de esto. El plan para matar a Castro partía desde su isla Cay Sal en las Bahamas. Una operación conjunta entre la CIA, la mafia y ciertos millonarios. Pero es historia, solo quedó este dinero sucio. Puedes confiar en que me ocuparé de limpiarlo y de hacer buen uso de él.

—¿Como la sonrisa de la niña del orfanato?

—Muchas sonrisas…

Se quitó las gafas y se acercó lentamente a mí. Me llevó a la cama y me recostó, dejando ir su delicado cuerpo hacia el mío. Cuidando de no lastimar mi brazo, juntó sus labios melocotón a mi boca. Sentí como ese beso me arrancaba penas y dolores.

Para terminar me otorgó un delicado beso en la frente, con los ojos cerrados. Era su marca personal.

Se hizo hacia atrás. Me dejó con la imagen de una sonrisa, sus deliciosas pecas y los ojos de joyas finas.

—¿Cómo puedes ser tan fría ante tanto crimen? —tuve que preguntarle.

Ojos Aguamarina se bajó un tirante del vestido, mostrando las pecas de los hombros que saltaban de gusto al ser descubiertas. Al grupo se unieron las del busto cuando se desabotonó su conjunto y lo dejó caer al suelo. Luego abrió el sostén para dejar libres sus delicados pechos salpicados de lunares. Los saboreé como si fueran caramelos. Volvió a besarme. Yo le respondí con pasión.

Antes de meterse a la cama conmigo, dijo la mejor frase que he escuchado en una hermosa mujer:

—Crimen es no saber preparar un martini. El resto solo son escándalos con mucha sangre.

215

Epílogo

Última ronda

*O*kay. *Mea culpa.*

Como novelista uno juega un poco a ser Dios. Y como este, manipulo los tiempos y los personajes. Esta fábula, que no niega su descendencia de los libros de Raymond Chandler y de las películas de espionaje de Alfred Hitchcock (al que agradezco su teoría de McGuffin, pues nos ha dado más de treinta años de diversión en las salas de cine), posee ciertos errores en las fechas, que he manipulado para mi conveniencia. Con algunos personajes lo hice a propósito, el resto, los que no aparecen aquí, fue por inculto.

A.C. Blumenthal, Blummy para sus amigos, realmente fue matón de Bugsy en Las Vegas e, increíble pero cierto, recibió el puesto de gerente de hotel Reforma en México de parte del presidente Miguel Alemán, que encontró en el turismo el mayor tesoro de México (claro, para su cartera). Incluso fueron él y Bö Roos quienes pusieron Acapulco en el mapa. La opción turística fue un acuerdo entre un Gobierno corrupto, el mexicano, y la mafia estadounidense. El único problema es que era imposible que Blummy estuviera vivo para 1964, año en que sucede la trama. Murió en 1959. Creo que un personaje tan carismático debía tener su oportunidad. Lo ocupé también porque era mi mejor liga para Sam Giancana, quien pasó sus últimos años de vida escondido en una casa en México; increíblemente recibió refugio del Gobierno mexicano. Los jefes mafiosos deseaban matarlo por estafarlos con los casinos en Latinoamérica. En su primer retorno a los Estados Unidos, fue acribillado a balazos.

Otra libertad que me tomé fue arrastrar unos meses la boda de Johnny Weissmuller con la condesa Maria Bauman para que este pudiera estar sin ella. Para el Festival de Acapulco ya vivían juntos en Florida. Era un personaje tan desagradable que preferí usarlo en dosis de gotero. En efecto, Johnny fue contratado por la mafia de Las Vegas para promocionar el hotel Caesar´s Palace. Nunca más volvió a filmar. Murió en Acapulco en 1983, en su querido hotel Los Flamingos. Otro personaje que también murió en Acapulco fue Howard Hughes, quien estuvo de ermitaño durante diez años, encerrado en el *penthouse* del hotel Princess, y a quien nunca se culpó de su relación con el crimen organizado. Salió de su refugio solo al final, en camilla. A la vez, Ann Margret llegó a Acapulco en 1969 para ser la chica Seven-up y no para huir de la ruptura con Elvis, que se produjo en 1964 (a ella le afectó mucho su amorío). Seguramente la pasó terrible en su casa de Los Ángeles ese año. Quiero suponer que mi versión, un poco más romántica, le gustará a esa bella dama.

El festival fílmico de Acapulco murió en los setenta y fue revivido sin mucho éxito años después. En verdad existía la iniciativa por parte del licenciado Miguel Alemán de convertir Acapulco en un lugar como Las Vegas. Pero no la aprobaron, quizá porque el secretario de Gobernación, Luis Echeverría, deseaba promocionar su propio centro turístico, Cancún. El licenciado Moya Palencia, al igual que Goebbels, en su afán por controlar todo, fue uno de los culpables de la masacre de estudiantes en 1968 en México. Luis Posada Carriles realmente anduvo en México en esa época. No hay duda de que la Operación 40, creada por Nixon, tuvo mucho que ver con la muerte de Kennedy. El asesino puso varias bombas en aviones y hoy cumple condena en Venezuela. Y es cierto, Elvis nunca pisó Acapulco ni México. Como último dato, la serie *Johnny Quest* fue bien recibida por la crítica, y la voz del aventurero se le dio a Mike Road. Pero fue un año difícil para la televisión. Competía con *Hechizada*, *Los Munsters*, *Los locos Adams* y *Los Picapiedra*. Fue cancelada al año. Julius Schwartz sigue siendo considerado, junto con Doug Windley, un genio en el arte de los cómics.

Estoy seguro de que la violencia tan terrible que vive hoy la ciudad de Acapulco es el resultado de sus raíces: un puerto turístico pensado como un edén para mafiosos y matones. Antes eran italianos, hoy son locales. Pero la saña, los lenguajes de cabezas cortadas, cuerpos embolsados y lenguas en paquetes provienen de la mafia siciliana. Esta criminal forma de comunicación fue absorbida por los narcos mexicanos y llevada a su máxima expresión. Es una lástima. Yo creo que hasta el mismo Miguel Alemán estaría aterrado del monstruo que creó.

Sin duda, este libro nunca hubiera existido sin la ayuda literaria y las muestras de cariño del *Chief* William Reed. Sus libros: *Mikes Olive's Acapulco* y *Tarzan, my Father*, fueron mis guías. Seguramente, está ya en una playa donde nunca cierran el bar, rodeado de viejos camaradas, como Johnny Weissmuller hijo, quien me narró varias de las anécdotas mientras pescábamos juntos en Puerto Vallarta. Para ambos, donde estén, un brindis.

También debo reconocer que Bernardo Fernández, *Bef*, me regaló el inicio de la novela. Le debo más que eso a mi amigo y, como un ligero homenaje, él representa un papel en el libro. Con cariño, nombro a mi hermana Cecilia en la última receta de los cócteles, pues fue ella quien inventó el que se anota ahí.

Deseo agradecer a Bernat Fiol, quien creyó en mis letras. No hubiera seguido sin su ayuda; a Blanca y a Patricia, de Roca Editorial, por su fe en mi detective alcohólico *beatnik*. Y, desde luego, gracias a mis dos mujeres, que son únicas e irrepetibles, Arantza y Lillyan: las quiero, siempre.

F. G. Haghenbeck
Puerto Vallarta-Barcelona-Gijón

ESTE LIBRO UTILIZA EL TIPO ALDUS, QUE TOMA SU NOMBRE
DEL VANGUARDISTA IMPRESOR DEL RENACIMIENTO
ITALIANO ALDUS MANUTIUS. HERMANN ZAPF
DISEÑÓ EL TIPO ALDUS PARA LA IMPRENTA
STEMPEL EN 1954, COMO UNA RÉPLICA
MÁS LIGERA Y ELEGANTE DEL
POPULAR TIPO
PALATINO

***
**
*

EL CASO TEQUILA SE ACABÓ DE IMPRIMIR
EN UN DÍA DE PRIMAVERA DE 2011, EN LOS
TALLERES DE EGEDSA
ROÍS DE CORELLA, 12-16, NAVE 1
08250 SABADELL (BARCELONA)

***
**
*